有松の庄九郎

中川なをみ 作
こしだミカ 絵

新日本出版社

装画および本文中のイラスト制作にあたり、
左記のみなさまにご協力をいただきました。

バオバブ工房
つだ　けいこ（樹木医）
名古屋市東山植物園
名古屋市博物館
〈参考文献〉尾張名所図会

有松の庄九郎／目次

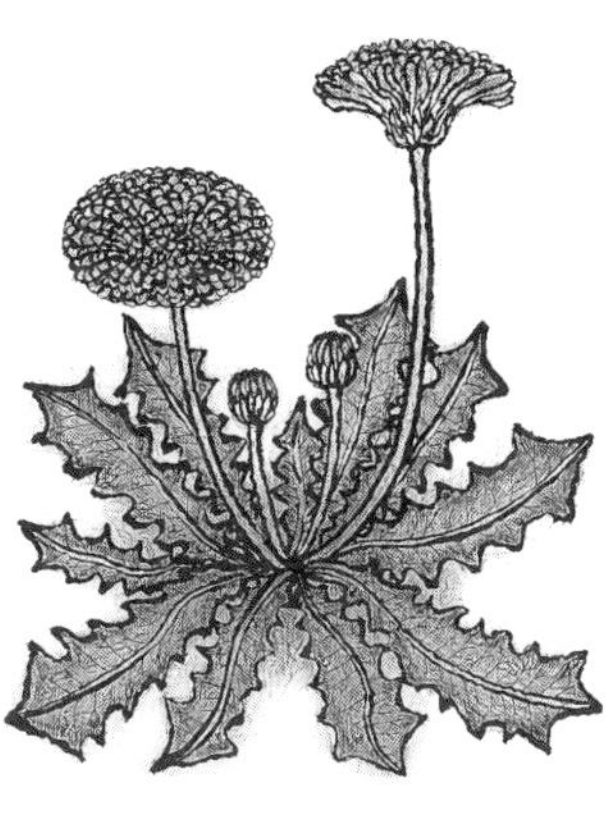

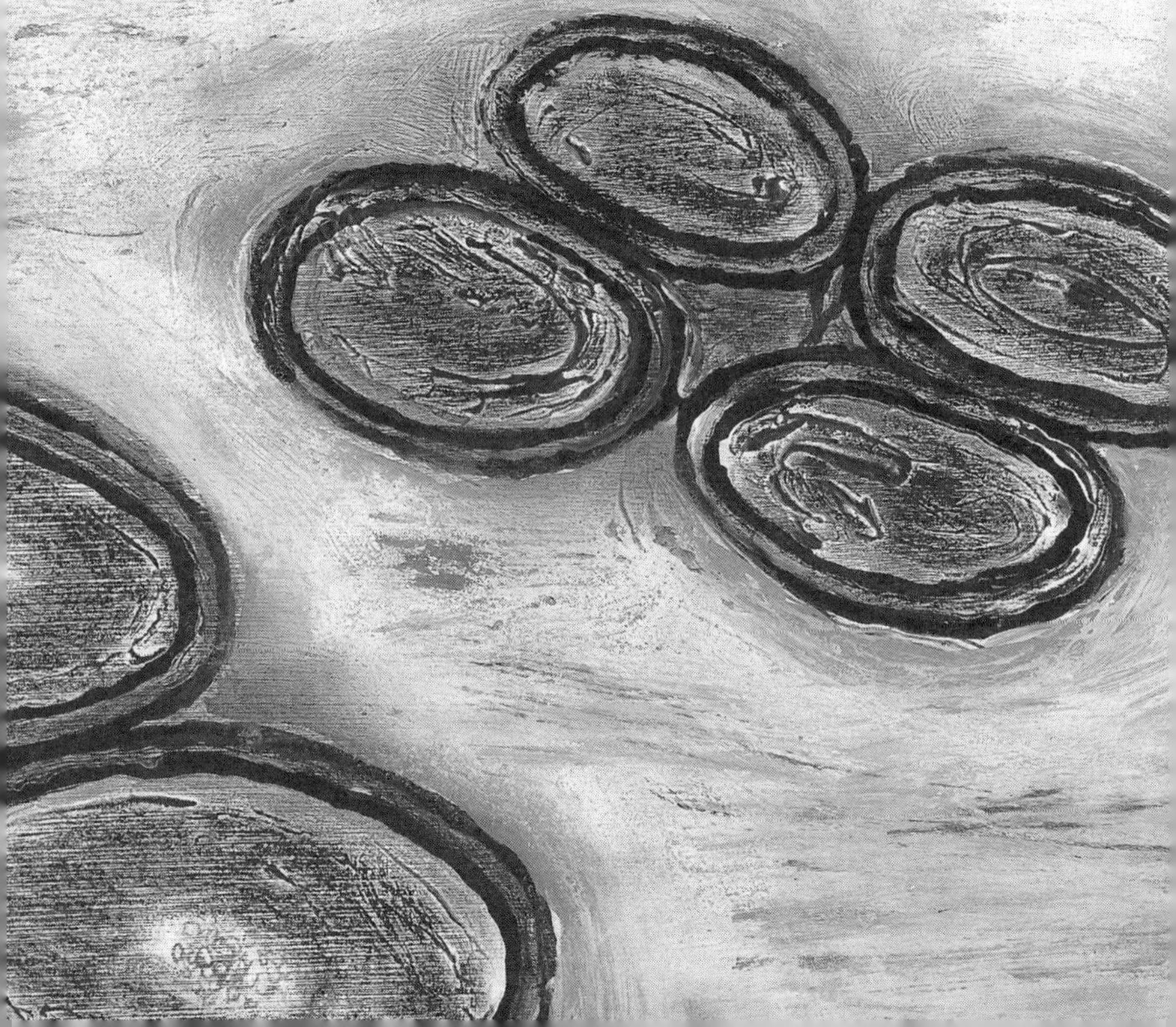

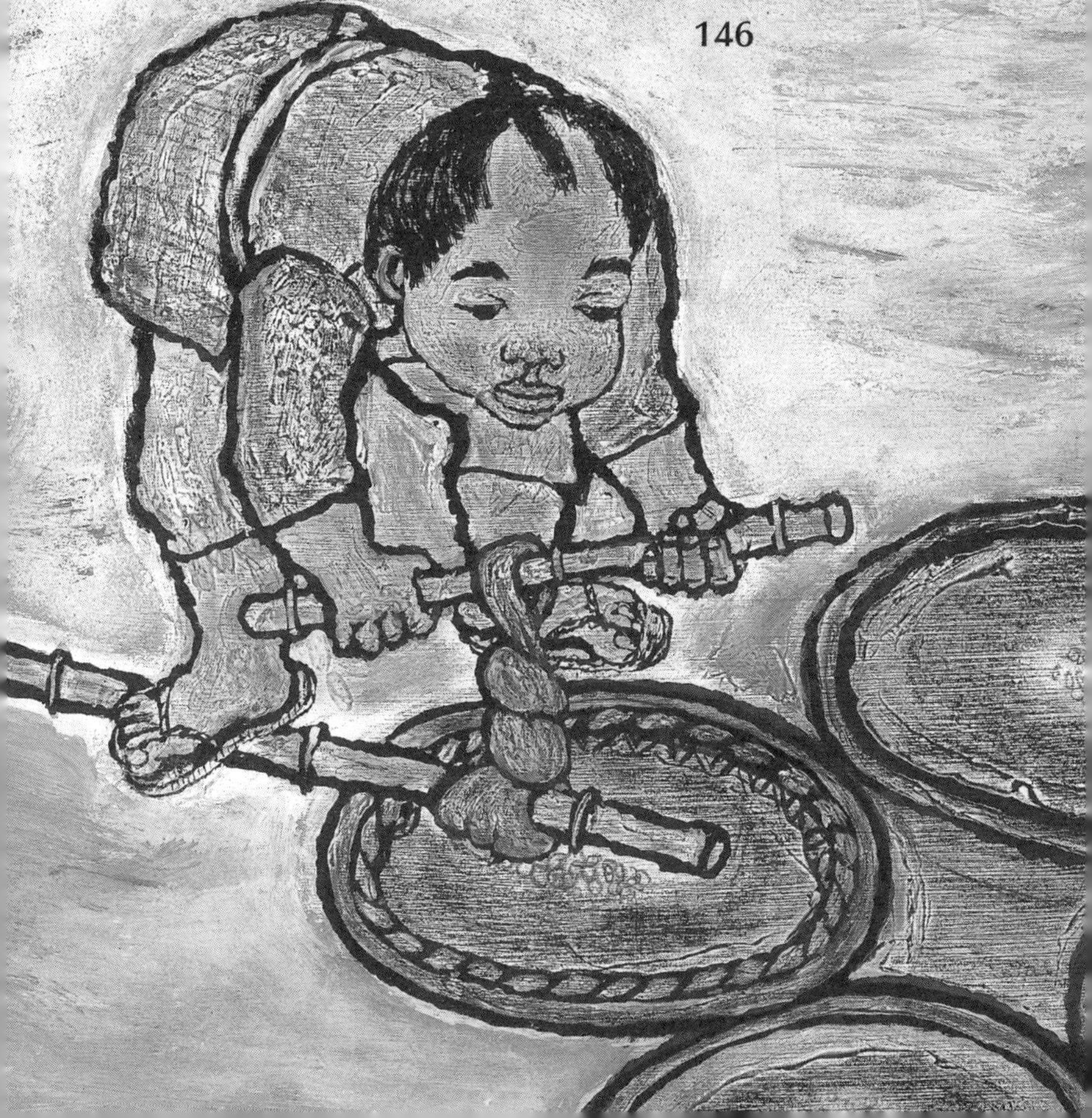

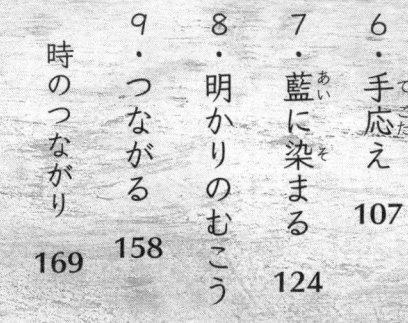

1・赤い鉄橋

電車の中は涼《すず》しくて、汗《あせ》がすうっとひいていく。にくらしいほどぎらぎらしていた太《たい》陽《よう》も、冷房車《れいぼうしゃ》の中からみると、遠くの空で静かに光っていた。

カオルはこれから、ひとりでおばあちゃんの家へいく。小さくなった浴衣《ゆかた》をなおしたのでとりにいらっしゃいと、電話があったのだ。

(あの浴衣は、絶対《ぜったい》にもっていく。暑い国だって、浴衣なら着られるもの)

インドネシアへ転勤《てんきん》になった父さんに、母さんとカオルも一緒《いっしょ》についていくことになった。大きな荷物はもう送っていて、あとは持っていくトランクに、服や食料品をつめるだけだった。

(あれはもっていかなくっちゃあ。わたしが着られるたったひとつの着物なんだから)

カオルは正月の晴れ着を着たことがない。きらいなのだ。生地《きじ》はデレッとしているし、派手《はで》な色づかいの模様《もよう》も気に入らなかった。

カオルが好《す》きな浴衣《ゆかた》は、やわらかい木綿《もめん》でできていて、藍色《あいいろ》の布《ぬの》に白い花模様があるだけだ。赤や黄色の子どもっぽい色が使われていないというところが、一番気に入っていた。

小学校に入学したときから今まで、夏が来るたびにずっと同じ浴衣を着ていた。ぬいものが得意のおばあちゃんが、毎年、からだのサイズに合わせてくれる。

電車に乗って三つ目の駅でおりたら、おばあちゃんが迎《むか》えに来ていてくれる約束だ。

カオルは右側の席にすわって、外に顔を向けた。

木も家もヒマワリも、びゅんびゅん後ろへ飛んでいく。

「あっ、川だ」

カオルが腰《こし》をひねって、窓《まど》ガラスに顔をくっつけようとしたとたん、キャップのつばがガラスに当たった。

「チッ」

舌打《したう》ちして帽子《ぼうし》のつばを指先でつかみ、くるっとうしろにまわした。ベリーショートの髪《かみ》は、キャップの中にかくれて、ほとんど見えない。

電車の先頭車両が大きくカーブしはじめると、雑木林《ぞうきばやし》の中に、真っ赤な鉄橋が見えてきた。

「うーん、いい感じ」

緑色をバックにした赤い鉄橋。下を流れる川。カオルのお気に入りの風景だった。

（今度はいつ見られるんだろう）

父さんの海外での仕事は、二年ぐらいかかるといっていた。

鉄橋を渡《わた》るとすぐに雑木林が途切《とぎ》れて、普通《ふつう》の町の景色になる。

駅員のいない改札口をでると、またぎらついた太陽《たいよう》の熱気に取り囲まれた。

「おばあちゃーん」

タクシー乗り場の横に、おもちゃみたいなジープがとまっていて、窓《まど》からおばあちゃんが手をふっている。

「カオルさーん。ここですよー」

ジープはカオルが生まれるより前から使っているもので、クーラーはこわれていてきかない。

全開の窓《まど》から、風がビュンビュン吹《ふ》き込《こ》んでくる。あわててキャップをとって、ジーパンのポケットにつっこんだ。

おばあちゃんの運転はしずかだ。信号で止まるときも発車するときも、まったく衝《しょう》撃《げき》がない。

「しばらくはカオルさんに会えませんねえ」

おばあちゃんは、だれにでもさんをつける。母さんは「ゆうこさん」。父さんのことは、自分の息子《むすこ》なのに「まさたかさん」とよぶ。

駅前の商店街をすぎると、道は上り坂になって山の中へとつづいている。

窓から入ってくる風が、きゅうにひんやりしだしたころから、車はなだらかな丘《おか》にさしかかった。何軒《なんげん》もの家の前を通り過《す》ぎて、もう少しいくと、いきなり目の前が広がって丘のてっぺんにでる。そこに建っている小さな家がおばあちゃんの家だ。おばあちゃんひとりだけの。

夏は涼《すず》しいけど、冬は風にさらされて、ものすごく寒い。

「スイカが冷えていますよ」

おばあちゃんのあとについて家の中にはいると、奥《おく》から猫《ねこ》のミーがのどをならしながら近づいてきた。

「ミー、おいで」

カオルが手を伸《の》ばしてだきあげようとしたら、するりと手をすり抜《ぬ》けて向こうへいってしまった。ミーは、人にだかれるのがあまりすきじゃないみたいだ。

ミーが出てきた部屋へいってみると、あった。そで丈《たけ》も着丈《きたけ》も長くなった浴衣《ゆかた》が、ハンガーにかかっていた。

地の藍色《あいいろ》は少しぼやけているものの、白い花はくっきりと大きく浮《う》き上がっている。色もデザインもシンプルだが、模様《もよう》が絞《しぼ》りでできているからか、決して地味ではない。

「スイカをいただきましょう」

おばあちゃんが大皿にのったスイカを運んできた。

かぶりつくと、甘《あま》くて冷たい果汁《かじゅう》が口の中いっぱいに広がっていく。とてもおいしい。

「おばあちゃん、浴衣《ゆかた》をなおしてくれてありがとう。わたし、すごくすきなんだ、これ。外国でも着るね」

おばあちゃんもスイカを手にした。

「仕上げましたけど……でもねえ、生地《きじ》が古すぎます。あちこち傷《いた》んでいて、いつ破《やぶ》れるかわかりませんよ」

「そんなーぁ。だいじょうぶ。気をつけて着るから」

「どんなに大事に着ても、破れそうですよ。あの浴衣、最初に着たのはわたしのおばあさんです。お母さんが着てわたしが着て、まさたかさんの妹の小百合《さゆり》さんが着て、そして、あなたでしょ?

もう百年以上も前の生地なんです。よくがんばりましたよねえ」

「百年も?」

百年も前のものだなんて、思えなかった。たしかに生地はヨレヨレしているけれど、藍色《あいいろ》もちょっと水色っぽくなっているけれど、今もきっぱりしていてちっともぼやけていない。デザインにも、古くささはどこにもなかった。

おばあちゃんが浴衣《ゆかた》をみあげて、小さなためいきをついた。

「わたしも大好《だいす》きですよ、この浴衣。うすくのりをかけたりして、大事にしてきましたからねえ。でも、もう寿命《じゅみょう》です。有松《ありまつ》の職人《しょくにん》さんも許《ゆる》して下さるでしょう」

「ありまつ？　なに、それ？」

「この生地《きじ》を作ったところですよ。貧《まず》しいお百姓《ひゃくしょう》さんたちが命がけで作り出した有松《ありまつ》絞《しぼ》りのこと、カオルさんにも知ってもらいたいですねえ……」

おばあちゃんの長い話がはじまった。

2・夕暮《ゆうぐ》れの丘《おか》

ここは尾張《おわり》の国（愛知県の西部）、阿久比《あぐい》の庄《しょう》（荘園《しょうえん》と同じ）。

陽《ひ》が落ちて、西の空が赤く焼け出した。

庄九郎《しょうくろう》は畑仕事が終わると、ひとりで家に走って帰り、ざぶざぶと顔や手足を洗《あら》った。手に付けた水で髪《かみ》の毛をなでつけ、着物のすそをはたいてほこりをおとした。

昼に芋《いも》がゆをお椀《わん》に一杯《いっぱい》食っただけで、あとは水しかのんでいない。腹《はら》の虫がクウクウとなきわめいている。

「空《す》きっ腹《ぱら》はいつものことだろ？　気にするなっ」

自分に言い聞かせながら、庄九郎はかまどのわきからにぎり飯《めし》をひとつ、ふところにおしこんだ。母親が朝のうちにこっそりと作っておいてくれたのだ。これが今夜の晩飯《ばんめし》だった。

家をでたところで、庄九郎《しょうくろう》は隣《となり》の家を見上げた。隣は村長の家で、高い石垣《いしがき》の上にある。

村長は村を束《たば》ねる実力者で、公平さが徹底《てってい》しているためにみんなから尊敬《そんけい》されていた。問題が起こるたびに、村人は村長を頼《たよ》って訪《たず》ね、相談したり話を聞いてもらったりしていた。

家の造《つく》りも暮《く》らし向《む》きも村人とは違《ちが》うが、村長はふんぞりかえることもなく、息子《むすこ》も娘《むすめ》も、村人と同じように田畑で働かせた。

庄九郎は広い道路にいきかけた足を止めると、そうっとなだらかな坂道をあがりはじめた。坂を半分ほどのぼると、村長の家の庭が見渡《みわた》せる。

人気《ひとけ》のない庭で、洗濯物《せんたくもの》が風に揺《ゆ》れていた。

（まだ畑だな）

目当てのしのは村長のひとり娘で、庄九郎より三つ年下の十八だった。

ひらひらとゆれるしのの野良着《のらぎ》に、

「来年はおまえもつれてってやるからな」

と、小さく声に出したときだった。

家の裏《うら》から、しのがでてきた。

「あれ、庄《しょう》九郎《くろう》さん。なにか用？」

驚《おどろ》いたのは庄九郎だ。くりっと見開いたしのの目に見つめられると、どぎまぎしてしまう。庄九郎はテレをかくして、声を荒《あら》げた。

「畑にもいかんで、おまえこそなにやってんだ」

庄九郎の丸い顔がほのかに赤い。しのは庄九郎をみつめて、さらっといった。

「水くみがあるから……晩飯《ばんめし》の用意もあるし、だから早く帰ってきたんだ」

共同の井戸《いど》から水をくみ上げるのは若《わか》い女の仕事だった。井戸は一町《ちょう》（約一〇九メートル）ほど東にいったところにある。

村長の家には下女《げじょ》がいるが、家の中の仕事に限《かぎ》られているらしい。

しのは天秤棒《てんびんぼう》の先に桶《おけ》をぶらさげて、朝と夕方の二回、井戸に通う。

しのは家の軒下《のきした》へいって天秤棒をとりだし、水くみの用意をはじめた。

（ちっこい肩《かた》だなあ）

しのは同じ年頃《としごろ》の娘《むすめ》と比《くら》べて、ひどく小柄《こがら》だ。背《せ》も低いし体も細い。それなのに米《こめ》俵《だわら》（当時の一俵《ぴょう》は約三〇キログラム。現代は六〇キログラム）をかるがるとかついでしまう力持ちだった。

「庄九郎《しょうくろう》さん、なにしてるんですか」

ぼんやりとしのを見ていた庄九郎は、あわててきびすをかえした。

「べつに、おまえに用があったわけじゃねえや」

「そうですか。ほんなら」

天秤棒《てんびんぼう》を肩《かた》にかけたしのが、ひょいひょいと調子をとりながら、庄九郎を追《お》い抜《ぬ》いていった。

あっけらかんとしたしのが、かわいくもあり、じれったくもあった。

ふーとためいきをひとつついて、庄九郎は空を見上げた。畑で見たときよりも色が濃《こ》くなっているような気がする。

「いそがないとっ。新助《しんすけ》はもうきているかもしれん」

庄九郎《しょうくろう》は走った。村はずれの丘《おか》に向かっていっさんに走っていった。

五十軒《けん》ほどの草ぶき屋根の家がぽつんぽつんと建っていた。どの家も雨露《あめつゆ》がしのげるだけの粗末《そまつ》な家だった。

「やっぱり、春だなあ」

空気は冷たくても、土手には緑が増《ふ》えているし、近くの山は芽吹《めぶ》いたばかりの若葉《わかば》で黄緑色に変わっている。すこし走っただけで、もう額《ひたい》に汗《あせ》が浮《う》き出てきた。

雑木林《ぞうきばやし》の先に、火の見やぐらのてっぺんが見えてきた。新助《しんすけ》と会う約束になっている場所だ。

林の中の曲がりくねった道をかけ抜《ぬ》けたとき、いきなり大男が道におどりでてきた。

「庄九郎さん、くらくなってしまう。はやくはやく」

三つ年下の新助は、村一番の大男でしかも村一番の力持ちでもあった。

「待たせたか？」

とたずねる庄九郎に、

「いんや。おれも今来たばっかりだ」

と、新助《しんすけ》が笑う。

ふたりは火の見やぐらの横を通《とお》り抜《ぬ》けて、村はずれの丘《おか》をめざした。

夕やけた空はますます赤みを深くし、高い空は藍色《あいいろ》にそまりはじめている。ふたりはだまってせっせと歩いていった。やがて阿久比《あぐい》の庄《しょう》の人家《じんか》がなくなり、となり村との境《さかい》にある小さな丘のふもとにでた。

丘を見上げたふたりは同時に、

「あーぁ」

と声を上げた。

丘がうす桃色《ももいろ》におおわれている。

小さな丘の中腹《ちゅうふく》に、一本の桜《さくら》の木が立っている。枝《えだ》は四方八方に伸《の》びて、先までたっぷりと花を付けていた。

庄九郎《しょうくろう》は桜に向かって両手を合わせた。

「ごくらくって、きっとこんな感じだろうな」

新助がうなずいた。

「腹《はら》が減《へ》っているのを忘《わす》れられる」

ふたりは桜《さくら》を見つめながらゆっくりと進み、木の真下に立った。

陽《ひ》はすっかり落ちているけれど、あたりはまだほんのりと明るくて、空の青さも残っている。間近に見上げると、花は、濃《こ》くなっていく夕空を背景《はいけい》にして、うす紅色《べにいろ》に華《はな》やかだった。ぼんやりとしたつつましい華やかさが、ふたりは格別《かくべつ》に気に入っていた。

「いいなあ」

と、庄九郎《しょうくろう》がいえば、

「うん。たまらねえ」

と、新助《しんすけ》がこたえる。

ふたりが夕暮《ゆうぐ》れ時の花見をはじめて三年目になる。太陽《たいよう》が降《ふ》り注《そそ》ぐ下の桜もいいけれど、「わしらにはまぶしすぎる」といった庄九郎の言葉がきっかけになった。

そもそも、若《わか》い男がわざわざ花見にでかけるなど、阿久比《あぐい》の庄《しょう》ではこのふたりぐらいだ。村中にも桜は何本もあって、のら仕事の行き帰りに「きれいだなあ」といい合いながらながめるだけで人々は満足していた。

村はずれの一本桜に庄九郎《しょうくろう》をつれていったのは新助だった。新助《しんすけ》の家は火の見やぐらの近くにあって、丘《おか》は小さい頃《ころ》からの遊び場だった。

庄九郎は草むらに腰《こし》を下ろして、ふところからにぎり飯《めし》を取り出した。

「飯にするか」

「すげえ、米の飯だ。おれにはサツマイモが三つあるだけだ」

ふたりとも農家の二男で、家は長男夫婦《ふうふ》が取り仕切っている。朝から晩《ばん》まで働くけれど、今までに一度も、満腹《まんぷく》になったことはない。ふたりの家が特別に貧《まず》しいわけではなく、このあたりの農家では、当たり前のことだった。

どの家も貧しくて、あるものといえば粗末《そまつ》な家とわずかばかりの田畑だ。庄九郎や新助のような二男や三男には、分けてもらえる財産《ざいさん》などどこにもない。独立《どくりつ》することもできないまま、一生長男夫婦のもとで、ただ働きをするしかなかった。

庄九郎はにぎり飯を半分に割《わ》った。母親が兄嫁《あによめ》にかくれてこっそりと作ってくれたにぎり飯は、大きくてぎっしりと米がつまっている。

「新助、おまえの芋《いも》と交換《こうかん》だ」

新助《しんすけ》はうれしそうにサツマイモをさしだした。

新助の手は、びっくりするくらいに大きい。大男なのだから、手だってそれ相応《そうおう》に大きくて当たり前だが、庄九郎《しょうくろう》は見るたびに驚《おどろ》いてしまう。この手でぐいっと米俵《こめだわら》を持ち上げて二俵《ひょう》はおろか三俵でも背負《せお》ってしまうからすごい。食うや食わずの生活をしているのに、いったいなぜこんなからだに成長したのだろう。

芋《いも》とにぎり飯《めし》半分で、働《はたら》き盛《ざか》りの男の胃袋《いぶくろ》が納得《なっとく》するわけがない。竹筒《たけづつ》の水をがぶがぶのんで空腹《くうふく》をまぎらわした。

花の色がすっかり夜の闇《やみ》にとけ込《こ》んでしまうまで、ふたりは木のそばをはなれなかった。

空の星がひとつ、またひとつと光り出すと、庄九郎が先に腰《こし》を上げた。

「帰るとするか」

「庄九郎さん、来年も再来年《さらいねん》も、おれたちはこうやって花見をするのかなあ。よぼよぼの年寄《としよ》りになるまで、にぎり飯ひとつやサツマイモ三つの晩飯《ばんめし》食って……嫁《よめ》ももらえないで、ずっとこのまんま続くんかねえ」

「さあなあ……」

こたえる庄九郎《しょうくろう》の頭を、一瞬《いっしゅん》、しのの笑顔《えがお》がよぎった。庄九郎だって悩《なや》んでいる。こんな暮《く》らしはいやだと思っても、どうしたらいいのかわからないのだ。

「庄九郎さんは頭もいいし根性《こんじょう》もある。おれはいつでも、どこへでもついていく。そう決めているんだ」

「そういわれてもなあ……」

庄九郎の母は武士《ぶし》の娘《むすめ》らしい。母から直接《ちょくせつ》聞いたことはないが、村人はだれでも知っている。武士の娘がなぜ貧《まず》しい農民になったのか、母は口を閉《と》ざしてなにもいわない。いいたくないことなら聞くまでもないと、庄九郎は思っている。

そのせいかどうか知らないが、幼《おさな》いときから読み書きはたたきこまれていて、卑屈《ひくつ》になることを母はひどくきらった。

「庄九郎さんは、いつかきっと何か始めるって、みんなで話しているんだ」

「祭りの段取《だんど》りを決めるのとは、わけがちがうんだ。そう簡単《かんたん》にはいかないだろうよ」

庄九郎は村の若者《わかもの》たちの間で、もっとも信頼《しんらい》されている。祭りを仕切るのも、若者の間のもめごとを解決《かいけつ》するのも、いつも庄九郎《しょうくろう》の役目だった。

「おれだって、何とかしたいと思っている。でも、どうにもならねえ。一昔《ひとむかし》前なら、村を飛び出して、運が良ければ侍《さむらい》になれたかもしれん。けんど、今は徳川様《とくがわ》の時代で、どこにも戦《いくさ》なんかねえ」

関ヶ原《せきがはら》の戦で勝利を収《おさ》めた徳川家康《いえやす》は、江戸《えど》に幕府《ばくふ》を開いたあとも絶対的《ぜったいてき》な力で世の中を支配《しはい》している。徳川の時代になってから、もう七年もたっていた。

「新助《しんすけ》、ほら、帰るぞ」

座《すわ》り込《こ》んだままの新助をせかして、庄九郎は桜《さくら》の丘《おか》を下りていった。

それから数日のちのことだった。

よく晴れた日の午後、麦の刈《か》り入れをしている庄九郎のところに、新助がやってきた。

「庄九郎さん、ちょっと」

新助が申《もう》し訳《わけ》なさそうに、畑の入り口で声をかけた。

「どうした?」

鎌《かま》で麦の根本をザザッ、ザザッと切りながら、庄九郎が聞く。昨夜から熱を出して寝《ね》込《こ》んだ母親のことを考えているときだった。

庄九郎《しょうくろう》の隣《となり》で、兄嫁《あによめ》のユキが、

「仕事中に、いったい何事なんじゃ」

と、わざと大きな声でいう。気の弱い長男は、聞こえていても知らんぷりだ。

「すんません。あの。庄九郎さん、ちょっと」

大きな体を小さく縮《ちぢ》めた新助《しんすけ》が気の毒で、庄九郎は、ユキに「すぐもどるから」といいながら、畑から出ていった。

庄九郎は新助を道ばたの松の木の下に誘《さそ》った。ここならふたりの話し声はユキの耳には届《とど》かないし、強くなった日差しをさえぎることもできる。

「新助、こんな時間にどうした？」

「おれ、今、半田村《はんだむら》から帰ってきたところなんだ。家にもよらないで、すっとんできた」

半田村には新助の姉が嫁《とつ》いでいるので、彼《かれ》はときどき訪《たず》ねていた。

「半田村の近くの街道《かいどう》に人だかりができていて、そいで、なにかと思っておれもいってみたんだ。そしたら、高札《こうさつ》が上がってた」

高札《こうさつ》は役所からの知らせを板に書いて、人目をひく所に高くかかげられる。税《ぜい》のこと、新しい法度《はっと》（法律《ほうりつ》）のこと、時には罪人《ざいにん》が処刑《しょけい》されることなどが書かれていた。なにが書かれていたか気になるところだが、新助《しんすけ》は字が読めない。

「おれ、ちゃんと聞いてきた。字の読める人に、なにが書いてあるか、聞いてきたぞ」

庄九郎《しょうくろう》を見つめる新助の目が光っている。土色に日焼けした手足や顔は、いつもならただみすぼらしいだけなのに、目を輝《かがや》かせた新助を別人のようにたくましく見せている。

新助の興奮《こうふん》ぶりは異様《いよう》なほどで、庄九郎まで、思わず身を乗り出していた。

「高札、なんだったんだ」

「庄九郎さん、おれはいきたい。苦労するだろうけど、ここで飼《か》い殺《ごろ》しにされるよりはずっとましだ」

新助はいいたいことだけをぱらぱらいうものだから、高札の内容《ないよう》がなかなかみえてこない。

庄九郎が気長に質問《しつもん》をくりかえして新助から聞き出したのは、次のようなことだった。

阿久比《あぐい》の庄《しょう》の近くにある桶狭間《おけはざま》村に新しい村を作るので、移《うつ》り住みたい者は申し出るように。希望者は税金《ぜいきん》はいらないし、役所からいわれる様々な仕事も一切免除《いっさいめんじょ》される。そのうえ、開拓《かいたく》した土地はすべて自分の土地になる。

考え込《こ》んでいた庄九郎《しょうくろう》が、

「新しい村？　なんで新しい村が必要なんだろう？」

とつぶやくなり、新助《しんすけ》が得意そうにうなずいた。

「おれ、そこもちゃんと聞いてきた。東海道《とうかいどう》の街道筋《かいどうすじ》に村を作って、賑《にぎ》やかにするらしい」

尾張領主《おわりりょうしゅ》の徳川義直《とくがわよしなお》は、領内を通る東海道の整備《せいび》に力を尽《つ》くしていた。ところが、どうしてもうまくいかない場所があって、手を焼いていたのだった。

街道は熱田《あつた》の宿《しゅく》から鳴海《なるみ》を通って知立《ちりゅう》へとつづいているが、鳴海と知立の間には起《き》伏《ふく》の激《はげ》しい小山がつづいていて、人家《じんか》もなく、淋《さび》しい山道になっていた。旅人が山中で盗賊《とうぞく》に襲《おそ》われるのもめずらしくない。

困《こま》ったのは領主だ。江戸幕府《えどばくふ》から街道の整備を命令されているのだから、旅人が安心して通行できるようにしなければならなかった。

人気《ひとけ》のない淋《さび》しい山道を改善《かいぜん》するには、人家《じんか》を建てて人が住み、賑《にぎ》やかな街道筋《かいどうすじ》にするのが一番だということになった。

庄九郎《しょうくろう》にもやっと高札《こうさつ》の内容《ないよう》が理解《りかい》できた。

「山を切り開いて村を作るっちゅうことだな。山を畑にするのか。こりゃあ、とんでもない大仕事だわ」

腕《うで》を組んで考え込《こ》んでしまった庄九郎を、新助《しんすけ》が不思議そうに見ている。

「なんで難《むずか》しい顔をするんだ。この村から出ていけるっちゅうのに。自分の土地がもてるだなんて、こんなにいい話があるもんか」

「新助、苦労するぞ。山の木を切り出すだけでも大変なのに、根っこを掘《ほ》り出して、石をひろって、やっとこさ畑を作り始められる。そんなこと、できるかどうか……」

「庄九郎さんらしくねえなあ。仕事に苦労はつきもんだって、いつもいってるのは庄九郎さんだろ？　自分の土地になる苦労なら、いくらだってがまんできるっちゅうもんだ」

新助はこの話を手放しで喜んでいる。自分の土地がもてる暮《く》らしは、そのまま希望につながっていった。

「しょうくろー、いつまで無駄話《むだばなし》をしているんだっ」

ユキのひと声で、ふたりとも現実《げんじつ》にひきもどされた。

新助《しんすけ》はいつもの気弱な新助にもどり、

「すんません。すんません」

と、ぺこぺこおじぎしながら帰っていった。

「さっさと仕事せんかい」

怒鳴《どな》るユキに目もくれないで、庄九郎《しょうくろう》は新しい村のことを考えていた。

「こらっ、聞こえねえのかっ」

この声を聞くのは、もううんざりだと思った瞬間《しゅんかん》、庄九郎の足は役所に向かっていた。

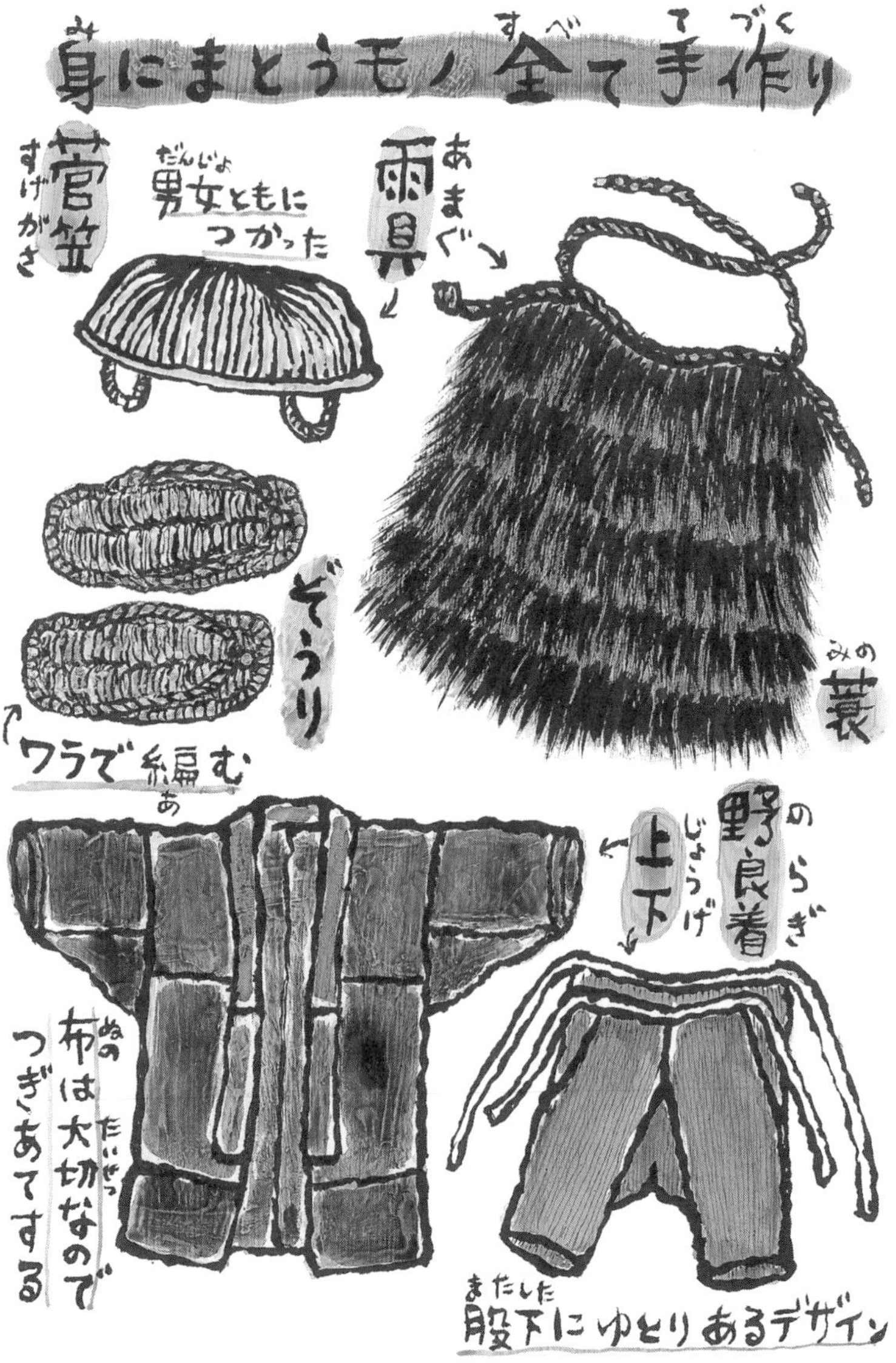

身《み》にまとうモノ全《すべ》て手《て》作《づく》り
菅笠《すげがさ》
男女《だんじょ》ともにつかった
雨具《あまぐ》
ぞうり
ワラで編《あ》む
蓑《みの》
野良着《のらぎ》
上下《じょうげ》
布《ぬの》は大切《たいせつ》なのでつぎあてする
股下《またした》にゆとりあるデザイン

3・ときめき

　母親は二日間、水だけしか口にできなかったのに、三日目の朝には熱が下がって、そろそろと起き出してきた。

　兄嫁《あによめ》のユキが、鍋《なべ》からかゆをお椀《わん》によそっている。ちらっと母親に目を向け、

「飯《めし》は？」

と、聞く。

　母親は庄九郎《しょうくろう》の横に腰《こし》をおろしながら、

「食う」

とひとこと、はっきりといった。

　父親が亡《な》くなって十年。女手ひとつでふたりの息子《むすこ》を育ててきた母親の、力強い返事

だった。

豆とひえだけのかゆを、母親はゆっくりと時間をかけて食べている。

庄九郎《しょうくろう》が節《ふし》くれだった母の手をみながら、

「食ったら、また寝床《ねどこ》にはいったほうがいい。今日は寝ていてくれ」

というなり、ユキが目をつり上げた。

「飯《めし》を食って寝るってか。そんな話、聞いたこともねえ」

ユキの声を背中《せなか》にして、長男がこそこそと外へ出ていく。

庄九郎は母を寝床に連れていきながら、気になっていることを話し出した。

「街道《かいどう》に高札《こうさつ》があがったんだ。鳴海《なるみ》と知立《ちりゅう》の間に新しい村を作るんだと。なんでも松の木が多い山の中らしい。そこへ移《うつ》り住《す》む者を役人が集めているんだ」

せんべい布団《ぶとん》の上に横になった母親が、両手をのばして庄九郎の手をにぎった。

「いくのか?」

「まよっている」

「なぜまよう?」

一番の気がかりは母親のことだった。年をとって体も痛《いた》んできている。なによりユキとの折り合いがわるくて、気苦労が絶《た》えないだろう。それなのに、頼《たの》みの長男は当てにならなかった。庄九郎《しょうくろう》はここにいて母を守らなければならないとも思っている。

母が庄九郎の目をとらえた。

「わたしのことなら、ほっとけ」

「でも……」

いいかけた庄九郎を、母がまばたきもしないでにらんでいる。

「いけ。いけるところがあるなら、どこにでもいけ」

母親が、にぎった庄九郎の手に力を込《こ》めた。病《や》み上がりの母の、どこにそんな力が残っていたのかと驚《おどろ》くほどに、強かった。

「若《わか》いもんは、先をみるもんだ。少しでも明かりがあったら、そっちへいかにゃならん」

庄九郎は母の威力《いりょく》に押《お》されて、かえす言葉も思いつかない。大人になったつもりで母を気づかった自分がはずかしかった。

「わかった」

いつか暮《く》らしが定まったらむかえにくるからといいたいのを、庄九郎《しょうくろう》はぐっとこらえた。見通しのきかない気休めなど、この母親に通じるはずもなかった。

母のことがふっきれると、庄九郎はこれから、自分は何をどのようにしていったらいいのか考え、おおよその計画を立ててみた。

自分はこれから村を出ていこうとしている。しかも、自分だけでなく他《ほか》の人たちをも誘《さそ》おうとしている。そこまで考えを巡《めぐ》らした後、庄九郎は夕食が終わった頃《ころ》を見計《みはか》らって村長の家を訪《たず》ねた。

「おう、庄九郎か、入れ」

招《まね》き入れてくれたのはしのの兄で、数年前に嫁《よめ》を迎《むか》えて、もう小さな子どもがいる。

庄九郎は畳《たたみ》がしかれた奥《おく》の座敷《ざしき》に案内され、村長と向き合って座《すわ》った。

高札《こうさつ》の事を話し、できたらここの若者《わかもの》たちと一緒《いっしょ》に新しい村作りの仕事につきたいが、村長の考えを聞きたいと切り出した。

村長はしのが運んできた白湯《さゆ》をすすり、庄九郎にもすすめる。

「高札《こうさつ》の話は知っとった。近いうちにおまえがくるとも思うとった」

「おれが村長さんの家にですか?」

「そうだ。移住《いじゅう》したいといってくるだろうと思うとった」

庄九郎《しょうくろう》は正座《せいざ》した自分のひざに目をおとした。視線《しせん》がどこに移《うつ》ろうとも、庄九郎の背筋《せすじ》はぴんとのびたままだ。小さいときから母にきびしくしつけられた庄九郎の姿勢《しせい》は、まるで裃《かみしも》をつけた侍《さむらい》のようにいつも毅然《きぜん》としている。

村長が再《ふたた》び湯飲み茶碗《ぢゃわん》を口に運んだ。

静かに白湯《さゆ》を飲《の》み干《ほ》し、空《から》になった茶碗が盆《ぼん》の上におかれた。

「自分だけじゃなく、ほかのもんも連れていきたい……そこがおまえらしいところだ。先《ま》ず村長を訪《たず》ねてきて許《ゆる》しを得るか……おまえが長男だったらなあ。いずれは村の大事を担《にな》うことになっただろうに」

村長がこの申し出を快《こころよ》く思っているのか、不快《ふかい》に思っているのか、庄九郎には見当《けんとう》もつかなかった。だまって村長の次の言葉を待った。

「いい若者《わかもの》がごっそり村を出ていくのか?」

「それはまだわかりません。まだだれにも話してないんで」

「おまえの用心深さは、ガキの頃《ころ》からだわ。相変わらずだのう」

「おれは用心深いんですか？」

「あははっ」

村長は豪快《ごうかい》に笑い、あごにたくわえた白いひげを大事そうになでた。

庄九郎《しょうくろう》は首をかしげながら、はじめて白湯《さゆ》に手をのばした。

村長が自分のひざをぽんとたたいた。

「おまえらが村から出ていくんは、村にとっちゃあ大きな痛手《いたで》だ。働き人がいなくなるんだからな。けんど、おまえらの将来《しょうらい》を考えたら、引《ひ》き留《と》めるわけにもいかん」

「はあ……」

「いけ。しかし、失敗はゆるさんぞ。石にかじりついてでも、やりとげるんだ」

庄九郎は床《ゆか》に頭をくっつけて「ありがとうございます」と、おじぎした。

庄九郎は開拓地《かいたくち》に移住《いじゅう》するために動き出した。

新助《しんすけ》に手伝ってもらいながら、村の若者《わかもの》を集めて移住を勧《すす》め、興味《きょうみ》を示《しめ》した者には、何度も会って話したりもした。誘《さそ》った人は長男以外の若《わか》い男で、将来に希望を持てないところはみんなに共通していた。

最初はほとんどの若者がこの話に乗り気だった。いつかは自分の土地が持てるというのは、夢《ゆめ》のような話だったからだ。

ぼつぼつ田植えの準備《じゅんび》にかかりだしたころのある夜、庄九郎《しょうくろう》たちは神社の境内《けいだい》に集まっていた。丸い月が空に上がっていて、黒光りした男たちの目を輝《かがや》かせている。

「庄九郎、段取《だんど》りをはなしてくれ」

「庄九郎さん、ここを出たあと、おれたちはどこにおちつくんだ」

「おれにはかかあがいる。ちゃんと食わしていけるんだろうな」

「はじめのうちぐらいは、役人が暮《く》らしのめんどうをみてくれるんだろ？」

庄九郎はだまって、つぎつぎとたずねられることに耳をかたむけていた。

おおよそ質問《しつもん》がでそろって、会場が静かになったとき、庄九郎はみんなの前に立ち上がった。青くふりそそぐ月明かりは、着物の破《やぶ》れも手足の日焼けもかくして、たくましい骨格《こっかく》と燃《も》えるような熱いまなざしを浮《う》き上がらせている。

「みんなの心配はもっともだと思う。おれだって不安で仕方がないんだ。でも、ここにいて、どんないいことが待っている？　なにもねえ。飢《う》え死《じ》にしない程度《ていど》の食い物をあてがわれて、一生ただ働きをするしかねえだろ？　それも、気を遣《つか》いながら、からだを小さくしてひっそりと生きていくしかねえ。万が一嫁《よめ》をもらったとしてもだ、家の隅《すみ》っこで遠慮《えんりょ》しいしい暮《く》らさなならん。朝から晩《ばん》まで働いても、嫁に晴れ着一つ買ってやれねえ。そうだろ？　なっ？」

男たちが「そうだそうだ。ちがいねえ」と声を上げた。

庄《しょう》九郎《くろう》は月を見上げて目を閉《と》じると、大きく息を吸《す》い込《こ》んだ。集まった男たちは庄九郎を見つめて、つぎの言葉を待った。

境内《けいだい》はすっかり静まりかえって、風にそよぐ木々の葉の音まで聞こえる。

「みんなが一番心配していることから話す。先《ま》ず、役人がおれたちの暮らしの面倒《めんどう》をみてくれるかどうかはわからん。高札《こうさつ》にも書いてなかったし、役人に聞いても『しらん』としかいわん。つまり、暮らしの保証《ほしょう》はないっちゅうことだ。

ここを出たら最後、なにもねえと思った方がいい。住む家も食い物も、自分たちで算《さん》段《だん》するしかねえと思った方がいい。

話の様子から、役所も多少は助けてくれるらしいが、あてにはならん。おれはそう覚《かく》悟《ご》している」

境内《けいだい》がにわかにざわめきだした。

「そんな危《あぶ》ない話に乗っても大丈夫《だいじょうぶ》か?」

「一寸先《いっすんさき》は闇《やみ》ったあ、このことだ」

「あっちで失敗したら、どうする? もうここに帰ってくることはできないだろ?」

さっきまで将来《しょうらい》に希望を抱《いだ》いていた男たちが、私語《しご》を重ねるごとに気弱になっていった。

「ここにいたら、ただ働きでもなんとか食える。自分の家じゃなくとも、住む場所もある。ちいっとだけがまんすりゃあ、すむことだ」

「おれは、いかねえ。やめる」

ひとりが断言《だんげん》するなり、たちまち方々《ほうぼう》から「やめる」と声があがった。

「みんな、ちょっとまってくれ」

両手を上げて叫《さけ》んだのは新助《しんすけ》だった。

「みんな、目を覚《さ》ませよ。どこの誰《だれ》がただで土地をくれる？　開拓《かいたく》だってなんだって、やれば自分の土地になるなんて、めったにあることじゃねえ。苦労はどこにいても苦労だ。同じ苦労なら、自分のための苦労にしてえじゃねえか。

おれはでかい夢《ゆめ》をみるつもりだ。畑をもって家を建てて、嫁《よめ》をもらって、たらふく白い飯《めし》を食う。堂々と、自分の家でな。欲《ほ》しいものは全部自分の手でつかむんだ。

ここにいたら、ちっこい夢だってみられねえ。なあ、いこうや。庄九郎《しょうくろう》さんがいくんだぞ。おれは庄九郎さんがいくっちゅうだけで、心配なんかふっとんだわ」

年若《としわか》い新助の明るい声が、人々の胸《むね》にしみていった。境内《けいだい》はまたひとしきり、ざわめいた。

長い時間をかけてみんなで話し合い、男たちの決断《けつだん》が下りたのは夜明け近くだった。

二十人ほど集まっていたが、移住《いじゅう》を決めたのは八人だった。庄九郎と新助を除《のぞ》けば、六人が決意したことになる。移住を選んだ者の中には、妻帯者《さいたいしゃ》も含《ふく》まれていた。

庄九郎は仲間の顔を見ながら、これからの段取《だんど》りについて話した。

「みんな、うちに帰ったら、先《ま》ず移住《いじゅう》のことを家族にいってくれ」

今まで一緒《いっしょ》に住んでいた家族には、よく説明して理解《りかい》してもらうことが大事だった。特に長男夫婦《ふうふ》には気持ちよく送り出してもらいたかった。

移住先はなにもない山の中だ。少なくとも半年分ぐらいの食料は持たせてほしいし、農作業に使う道具や野菜などの種も、家からもらっていくしかない。

「もし、話がこじれてこまったら、おれにいってくれ。いつでも説明にいくから」

庄九郎《しょうくろう》にもう迷《まよ》いはなかった。阿久比《あぐい》の庄《しょう》から出ていく自分を除《のぞ》く七人のこれからのことを思うと、緊張《きんちょう》で頭がくらくらしてくる。

（ふんばるぞ。死にものぐるいで、ふんばるぞ）

自分に言い聞かせながら、庄九郎はみんなのあとにつづいて神社の境内《けいだい》をでた。くいっとあごを上げて歩き出した庄九郎に、しののつぶらな瞳《ひとみ》が浮《う》かんだ。

（いかんいかん。あいつはまだほんの子どもだわ）

移住先で生活が安定したとき、しのがまだ嫁《とつ》いでいなかったらそのときにと、庄九郎は自分を納得《なっとく》させた。

しのを自分の中から追い出して、月明かりの道を家に向かう途中《とちゅう》、大杉《おおすぎ》の陰《かげ》からひょいっとでてきた人影《ひとかげ》が庄九郎《しょうくろう》の前に現《あらわ》れた。

しのだった。

明け方の夜道にいるしのに驚《おどろ》いたのもつかの間で、庄九郎は心配を通りこして腹《はら》が立ってきた。

「しの。こんな時間に、いったいおまえはなにをやってるんだ」

「庄九郎さん……」

「まったく……おまえは自分が女だっちゅうこと、忘《わす》れてねえか?」

「忘れてなんか、ねえ」

しのはうつむいて立ち止まったまま、庄九郎のゆく手をさえぎっている。

「しの、どけ。ほら帰るぞ。しょうがねえから家まで送ってやらあ」

それでも、しのは動かない。

「世話の焼けるやつだなあ。朝までここに突《つ》っ立ってるつもりか? ちぇっ、せっかく話が決まったいい夜だっちゅうのに」

しのがやっと顔を上げた。

「いい話ってなんだね。わたしはなにも聞いてない。いってしまうなんて、聞いてない」

いうなり、しのは顔をくしゃくしゃにして泣き出した。降《ふ》り注《そそ》ぐ月の明かりは、しののまつげの長さまでもくっきりと見せている。肩《かた》を上下させて泣きじゃくるしのは、食べてしまいたいくらいにかわいい。

しのが袖《そで》で涙《なみだ》をぬぐうと、庄《しょう》九郎《くろう》をまっすぐに見た。

「わたしは庄九郎さんの嫁《よめ》になりてえ」

「しの、おまえ……」

驚《おどろ》いた様子の庄九郎をみたとたん、しのはまっ赤になった顔を両手でかくして、その場にしゃがみこんでしまった。

心の中のざわめきがふっと消えた。庄九郎には、足下《あしもと》にうずくまるしのしか見えなかったし、しのの激《はげ》しい息づかいしか聞こえなかった。気づけば、庄九郎の胸《むね》もどくどくと高鳴っている。

庄九郎《しょうくろう》はしのの両腕《りょううで》を支《ささ》えて、そうっと立たせると、わずかに腰《こし》をおとしてしのの目線に合わせた。

「むかえにくるまで、待っていてくれるか?」

しのがこくっとうなずく。

「長くは待たせねえ。待たせたくねえけど……」

「いいよ。いつでもいい。待っていられるから」

ぬれた瞳《ひとみ》で見つめるしのに幼《おさな》さはなくて、成人した女性《じょせい》の初々《ういうい》しさが漂《ただよ》っていた。


庄九郎も含めて、家族との話し合いはわりとうまく進んだ。働き手がいなくなることよりも、食《く》い扶持《ぶち》が減《へ》る方がありがたかったのだろう。つまりはやっかいもの払《ばら》いが出来たということになる。

八人の中でただひとりだけ、移住《いじゅう》を反対される者がいた。最年少の弥七《やしち》で、長男夫婦《ふうふ》と弥七の仲が良く、田畑も阿久比《あぐい》の庄《しょう》では村長の次に多く所有していて、暮《く》らしは比較的《ひかくてき》楽だった。家族のみんなが弥七に苦労をさせまいと反対しているとわかると、他《ほか》の七人は弥七《やしち》をうらやましがり、自分たちの境遇《きょうぐう》を密《ひそ》かになげいた。

弥七はなかなか許《ゆる》しが得られなかったが、移住《いじゅう》は自分の将来《しょうらい》を明るくするものだと根気よく説得しつづけた。

梅雨《つゆ》もぼつぼつ明けそうな日の午後、弥七が庄九郎《しょうくろう》をたずねてきて、家族に許可《きょか》されたと報告《ほうこく》した。

久《ひさ》しぶりに空に星が見えた夜、母はまた熱を出して寝込《ねこ》んでしまった。はじめのうちは顔を真っ赤にして、しきりと水をほしがったのに、二日もすると、水も受け付けなくなり、見る間にやせていった。そして、寝込んで五日目の朝、母は庄九郎に手をにぎりしめてもらいながら息を引き取った。

兄嫁《あによめ》が、いつになくやさしいまなざしで、庄九郎をみていた。

「これで、おまえも安心して出ていける。おっかあの願いだったんだわ」

庄九郎はだまって聞いていた。

母のいない毎日は、まったく味気《あじけ》のないものだった。朝、目が覚《さ》めても話しかける相手がいず、汗《あせ》を流して働いてきても、なんの反応《はんのう》もない。母はこまやかに褒《ほ》めたり叱《しか》ったりする人ではなかったけれど、常《つね》に見守られている安心感があった。

夕食のあとが一番辛《つら》かった。今頃《いまごろ》になって、母ともっと話しておけばよかったと思ったりする。

このごろの自分に一番驚《おどろ》いているのは庄九郎《しょうくろう》自身だった。母を頼《たよ》りにしていたつもりもなく、自他共《じたとも》に認《みと》めるしっかりものだった。こんなはずではなかったと思うそばから母が恋《こい》しくてならなかった。

母の布団《ふとん》を敷《し》いた辺《あた》りを見ながらぼんやりしていると、ユキが、

「庄九郎、お客さんだ」

と呼《よ》ぶ。

だれかと思えば、しのだった。

初夏《しょか》の陽《ひ》は、落ちてもまだ薄明《うすあ》かりを残している。しのの洗《あら》ったばかりの髪《かみ》の毛から、いい香《かお》りがたちのぼっていた。

「庄九郎さん、あの……元気だして」

「大丈夫《だいじょうぶ》だ。どうもねえや」

うす笑いを浮かべた庄九郎《しょうくろう》を、しのが悲しい目で見つめている。

「笑わんでいいよ。おっかさんが死んだんだもの。泣いたっていいよ」

しのは口をとがらせて、怒《おこ》っている。

「わたしには、他人《たにん》みてえな態度《たいど》はとらんでくれ」

「しの……」

庄九郎の視線《しせん》をまっすぐに受け止めたしのの目がぬれていた。

「わたしがいるってこと、忘《わす》れたら、やだ」

しのの風呂《ふろ》上がりの香《かお》りが、庄九郎の胸《むね》に灯《ひ》をともした。赤くて暖《あたた》かい灯《あか》りがちろちろと揺《ゆ》れだした頃《ころ》、今度はしのの涙《なみだ》がその灯を大きくしていく。

「わたしはここにいるよ。庄九郎さんのそばにいるんだからね」

しののほおを流れていく涙が光っている。

庄九郎はしのの手を取った。

「ありがてえ。しの。ありがとうよ」

母のいない寂《さび》しさは、しののぬくもりにすっぽり包まれていった。

「しの、おれの嫁《よめ》になってくれ。ずっとおれのそばにいてくれ」

しのは流れ落ちる涙《なみだ》をぬぐおうともしないで、なんどもなんどもうなずいた。

4・有松《ありまつ》

いよいよ旅立ちの日がやってきた。

朝もまだ明け切らないうちに、移住組《いじゅうぐみ》は村はずれの火の見やぐらの下に集合した。

目的地はここから十里《り》（約四十キロ）ほど北へいったところにある。大荷物を背負《せお》ったり荷車を引いたりの移動《いどう》だから無理かもしれないが、できたら夕方までには到着《とうちゃく》していたかった。

大勢《おおぜい》の見送りでごったがえす中、庄《しょう》九郎《くろう》はいつ出発の声をあげたらいいかと迷っている。

庄九郎の傍《かたわ》らには、祝言《しゅうげん》をあげたばかりのしのが寄《よ》り添《そ》い、しのの横では母親が心配そうに娘《むすめ》を気遣《きづか》っている。

村長も見送りにでていて、旅立つ若者《わかもの》たちにひとりひとり声をかけて回っていた。庄《しょう》九郎《くろう》は村長の背中《せなか》に、心の中で手を合わせた。

しのの訪問《ほうもん》を受けた翌日《よくじつ》、庄九郎は村長の家へいき、

「新しい村ができて、暮《く》らし向《む》きがよくなったら、娘《むすめ》さんを嫁《よめ》にもらいたい」

と、頭を下げた。

しのはただの百姓家《ひゃくしょうや》じゃなくて、村長のひとり娘だ。どなられて押《お》し返されるのを覚悟《かくご》の上だった。

だまりこくった村長の横で、母親が目をむいた。なにをねぼけたことをと、その顔がいっていた。

庄九郎はまた頭を下げた。

「きっと、しのさんにふさわしい男になります。なってから、あらためて挨拶《あいさつ》に伺《うかが》います」

庄九郎が顔を上げるのと同時に、母親が険《けわ》しい目つきで庄九郎を見据《みす》えた。

「そんなら、話はその時に。しのも年頃《としごろ》だし、いまから当てにならん約束はなあ……も

しも縁《えん》があったらということにしといたらどうや?」

これで引き下がったら、わざわざ来た意味がない。庄九郎《しようくろう》はまた頭を下げた。

「ごもっともです。わしみたいなもんに嫁《とつ》がせたくないお気持ちはわかります。けんど、かならず成功してみせます。きっと、嫁がせて良かったというてもらえるようにします。どうかお願いします」

「お願いされても……」

しのの母がとがったいい方をしている横で、村長があごひげに手をやった。

「しのは承知《しようち》か?」

「はい」

庄九郎のこたえに村長が笑ってうなずいた。

「つれていけ。ここを出るとき、いっしょにつれていったらいい」

思いがけない返答に、庄九郎よりも母親の方が面食《めんく》らっていた。

村長の計《はか》らいで簡単な祝言《しゆうげん》をあげたのは出立《しゆったつ》の三日前だった。

今、庄九郎はしのを伴《ともな》って、生まれ故郷《こきよう》を出ていこうとしている。

（ふんばるぞ。なにがなんでも、成功してみせる）

庄九郎《しょうくろう》は腹《はら》の底に力を入れて、村人たちを見渡《みわた》した。体中から力がふつふつと湧《わ》いてくるのを感じた。

庄九郎に家族の見送りはない。兄夫婦《ふうふ》は母が死んだこともあって、庄九郎が欲《ほ》しいと願った以上のものを持たせてくれた。

「庄九郎さん」

男の声で呼《よ》ばれて、声の方に顔を向けると、新助《しんすけ》がいた。

「もう出発しねえと」

「わかった」

庄九郎はみんなに出発の合図を送った。

東の上空に紫《むらさき》の雲がたなびいていた。下方は日の出を控《ひか》えて赤みを帯びている。紫の雲はまるで希望の水先案内のように、刻々《こっこく》と明るくなっていく空の上で、神々《こうごう》しく輝《かがや》いていた。

男たちに混《ま》じって気丈《きじょう》に歩きつづけている女は、しのの他《ほか》にもうひとりいて、タキノといった。長五郎《ちょうごろう》の妻《つま》だ。移住組《いじゅうぐみ》の中で最年長の長五郎は、口数の少ないおとなしい性格《せいかく》だが、移住の話が持ち上がった時まっ先に参加を決めて、一度も決心をぐらつかせなかった。

しのとタキノは列の中程《なかほど》にいて、互《たが》いに荷車の後を押しながらおしゃべりを楽しんでいる。ふたりとも同じ村で育った遊び仲間だ。これからの暮《く》らしは不安ずくめだが、同《どう》性《せい》の友だちがいるのは心強かった。

タキノは貧《まず》しい農家の娘《むすめ》で、縦《たて》にも横にも大きくて大人びている。しのより一年年長だが、とてもそうはみえなかった。タキノの横にいるしのは、小柄《こがら》ということもあって、実年齢《じつねんれい》よりずっと幼く見えた。

目的地は深い森の中にあった。

森の入り口で役人が待っていた。鳴海《なるみ》の宿場《しゅくば》には代官所《だいかんしょ》があって、役人はそこからきていた。

庄九郎《しょうくろう》たちは移住の第一陣《じん》として入ってきたので、辺《あた》りには人家も畑も全くない。あるのは山の木々だけ。松の木が目立って多い山地だった。松の他《ほか》には杉《すぎ》、檜《ひのき》、樫《かし》などが枝《えだ》を広げ、木々の下には灌木《かんぼく》が茂《しげ》っている。

しばらく歩いた後、案内してくれた役人が、前方を指さした。

「新しい村は、あの小山のあたりがいいと決まってるんだ」

教えられた区域《くいき》にはいると、みんなはゆっくり歩きながら落ち着き場所を選んでいった。

先頭を行く新助《しんすけ》が、ため息まじりにつぶやいた。

「松ばっかりだなあ。松だけはありますってか？」

こんなところに、家を建てたり畑を作ったりできるのだろうかという新助の不安がにじんでいる。

「松かあ……」

とくり返した新助が、突然《とつぜん》大きな声でうたいだした。

「家もなければ畑もない。ここは山です松の山。なにもないけど松だけあります。ここはまつあり……ちょっと調子がわりいなあ。まつあり？　ありまつ？　ありまつの方がいいか」

うたがやんで、新助《しんすけ》がくるりとふりむいた。

「なあ、みんな、有松《ありまつ》ってえのはどうだ？　調子がいいだろ？」

「ありまつか、いい名前だ」

「おれたちは有松の住人になるっちゅうわけだ」

わいわいしゃべり合っているうちに、新助のうたはそっちのけで土地に名前がついてしまった。

役人までが「有松か、わるくねえ」と納得《なっとく》している。

小高い丘陵《きゅうりょう》のすそを細い道がうねうねとつづいていて、これが有名な東海道《とうかいどう》だとは、役人にいわれるまで気づかなかった。それほど、人気《ひとけ》のないさびしいところだった。

庄九郎《しょうくろう》はふいと立ち止まると、曲がりくねった細い街道《かいどう》をみわたした。耳をすませば、谷を流れる川のせせらぎが聞こえる。なだらかそうな丘《おか》のふもとの道路脇《わき》を選んで、みんなに背中《せなか》の荷物を下ろすように伝えた。

「この辺《あた》りに腰《こし》を据《す》えようかと思うが、どうかね」

数人が首をひねって、

「そうだなあ。どこも坂ばっかだけど、この辺が一番平地っぽいみたいだ。ここがいいだろうな」

とこたえる。

役人は案内の仕事が終わると、

「たまに様子を見に来る」

といいおいて、帰っていった。

住む場所が決まると、庄九郎《しょうくろう》たちは小屋作りに取りかからなければならなかった。個人《こじん》の家はいつかゆとりができたときに作ることとして、すぐに使える共同の小屋が必要だ。

野宿《のじゅく》をしながらの作業だったが、ありがたいことに季節は夏の初めで、道路脇《わき》に寝《ね》転《ころ》がって星をながめながら寝るのも、それほどつらくはなかった。

なにより、庄九郎にはしのがいる。母のいない寂《さび》しさは日ごとに遠のき、しののいる喜びがつのっていった。

いざ小屋を建てようとすると、山地に家を建てるのは、想像《そうぞう》以上に大変だった。大き

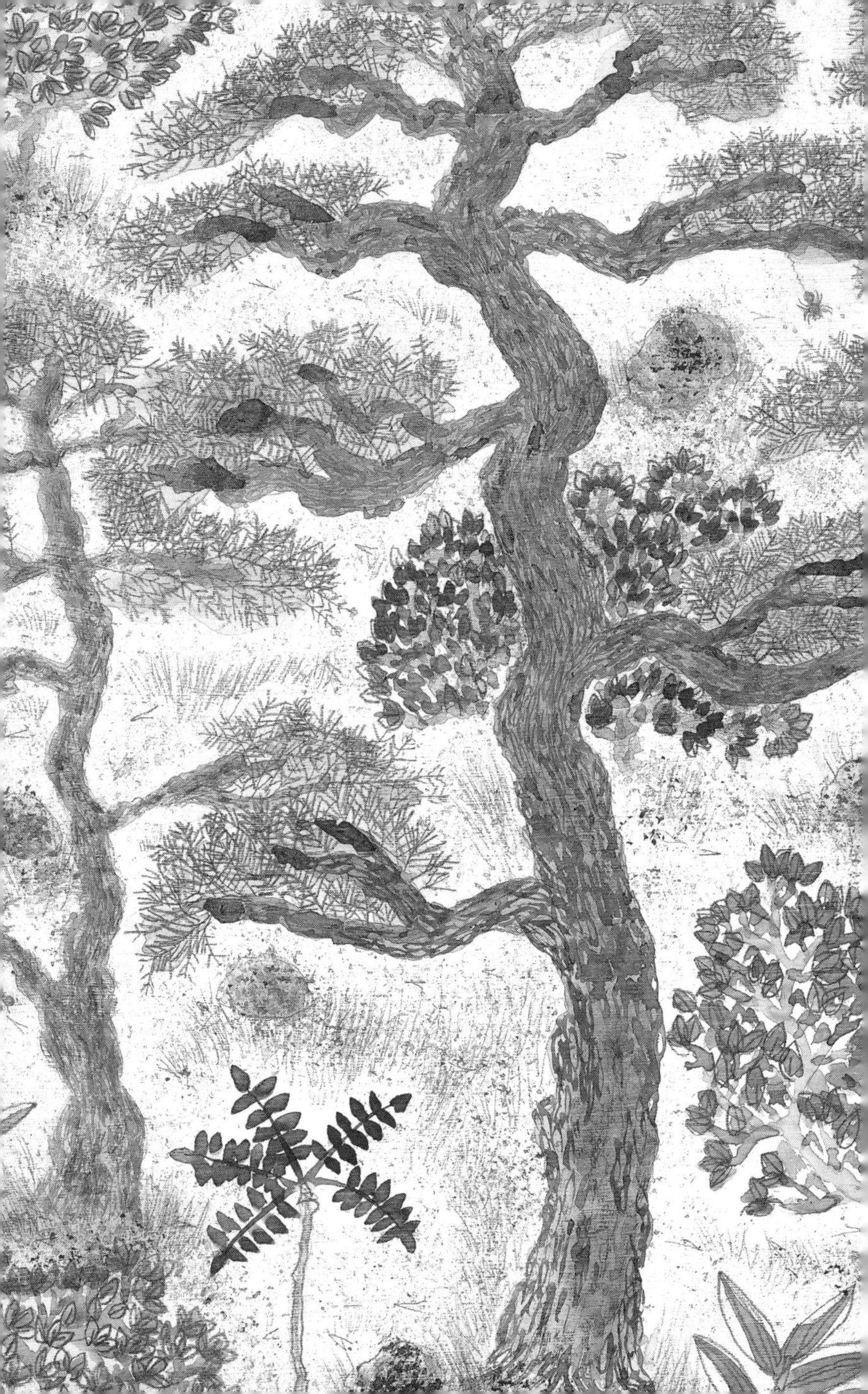

な松や杉《すぎ》の木を一本切《き》り倒《たお》すだけでも一苦労なのに、根っこは掘《ほ》ってても掘ってもなかなか取り出せなかった。数本の木が処理《しょり》できても、小屋の建つ場所を平らにしなければならない。骨《ほね》の折れる仕事がつづいた。

それでも、みんなの表情《ひょうじょう》は明るかった。自分のための苦労と思うと、疲《つか》れがふっとんだ。特に新助《しんすけ》は、力持ちぶりを発揮《はっき》して、みんなの大きな支《ささ》えになっていた。

かけ声を上げながら木を切り倒《たお》していると、すぐ前の街道《かいどう》を旅人が通っていったりする。

「茶をいっぱいもらえないかねえ」

とか、

「団子《だんご》のひとつもありゃあなあ」

などと、さまざまに注文をつけていく。そのたびに、みんなの夢《ゆめ》はふくらんでいった。畑で作物を作り、道ばたで小さな商《あきな》いをする。暮《く》らしが安定すれば、どこかから嫁《よめ》をもらって家族を作ることも出来る。みんなで同じ夢が見られるのも幸せなことだった。

小屋に柱が立ち、木の枝《えだ》や皮で屋根がふかれた。土間に土を盛《も》り上げて平らにし、小屋の外側には今、溝《みぞ》が掘られている。こうしておけば、少々雨が降《ふ》っても、家の中が水《みず》浸《びた》しになることはない。

せっせと溝を作っている新助《しんすけ》が、道具を置いて土をつかんだ。

「土も場所によってちがうんだなあ」

庄九郎《しょうくろう》もずっと気になっていたことだった。

「おまえもそう思うか。色は阿久比《あぐい》とたいしてちがわねえがなあ」

「雨の後なんか、まるで粉でもまぜたみてえに、ねばねばしてら」

「おれもこんな土ははじめてだ」

新助と話している間も、庄九郎の胸《むね》に不安の渦《うず》が広がっていく。土のねばつきが、作物にいい影響《えいきょう》を及《およ》ぼしてくれるようにと祈《いの》りたかった。

何とか住む場所が得られると、今度はいよいよ畑を作るための開墾《かいこん》になった。有松《ありまつ》は山ばかりで斜面《しゃめん》がつづき、水が張《は》れるような田は望めない。きてすぐに米作りはあきらめた。

家を出るときにもってきた半年分の食料は、目に見えて減《へ》っていく。収穫《しゅうかく》をしないでただ食べるだけの生活は、なんとも心もとなかった。夏の間に多少でも食料を蓄《たくわ》えないと、冬を越《こ》すのが大変なことになる。

わずかでも更地《さらち》になると、ていねいに耕《たがや》して野菜の種をまいていった。春にまいて秋に収穫《しゅうかく》するのが普通《ふつう》だが、そんなことはいっていられない。ひょろひょろのネギでも大根のできそこないでも、食べられるものができたら、それでいいことにした。

庄九郎《しょうくろう》と新助《しんすけ》は、土のねばりが気になったが、晴れた日の土は、多少水分が多いように感じる程度《ていど》で、阿久比《あぐい》の土とそれほどちがわなかった。

そうこうしているうちに移住者《いじゅうしゃ》の第二陣《じん》がやってきた。移住の募集《ぼしゅう》は広範囲《こうはんい》に渡《わた》っていて、今回の移住者の中に阿久比からの住人は含《ふく》まれていない。新しい住人は七名の若《わか》い男たちで、庄九郎たち同様、農家の二男や三男たちだった。有松《ありまつ》の住人はこれで十五家族になる。

一行をでむかえた庄九郎が、

「手伝いが必要なときには、なんでもいってくれ。あんたらがきてくれて、ほんまに力強いわ」

と笑いかけると、みんながそろって頭を下げる。一行の中の年長者が、

「庄九郎《しょうくろう》さんというお人はどこかね」

と、聞く。

「わしだが」

「おう、あんただったか。お役人にいわれたんだ。こまったことがあったら、庄九郎さんを頼《たよ》れってね。よろしくおたのみします」

たまに様子を見に来る役人の目にも、庄九郎は頼りがいのある代表者になっていた。阿久比《あぐい》の庄《しょう》の仲間にすれば、決めごとも仕事の割《わ》り振《ふ》りも、最終の決定を庄九郎に任《まか》せるのは昔からの習慣《しゅうかん》だった。

庄九郎の名前があがるとしのは耳をそばだて、ほめられたりすると、自分のことのように誇《ほこ》らしかった。

しのもタキノも、夫に距離《きょり》を置きながら、仲間たちのご飯を作ったり洗濯《せんたく》をしたりの合間に、男たちと同じ仕事をやりつづけた。

伐採《ばっさい》の仕事は思うようにはかどらなかった。のら仕事にはなれているが、山の仕事と

なると勝手が違《ちが》う。役人が持ってきてくれたのこぎりやなたを使いこなすだけでも容易《ようい》ではなかった。

ここはどちらを向いても松が圧倒的《あっとうてき》に多く、杉《すぎ》や椚《くぬぎ》や紅葉《もみじ》などもちらほらと見えるが、桜《さくら》の木はどこにもない。山桜《やまざくら》の一本ぐらいあってもよさそうなのに、庄九郎《しょうくろう》の見た限り、皆無《かいむ》だった。

（暮《く》らしが落ち着いたら桜を植えたいなあ）

ついこのあいだ、庄九郎はしのに阿久比《あぐい》の丘《おか》にある一本桜を知っているかと聞いた。しのは何のためらいもなく、「知らん」とこたえた。見たこともないそうだ。

男の自分があれほど感銘《かんめい》を受ける桜なのに、女のしのには全く関心がないというのが、何とも不思議だった。

真夏の炎天下《えんてんか》で、新助《しんすけ》が松の根元にのこぎりを当てた。木のずっと上の方には太い縄《なわ》がまかれていて、垂《た》れ下がった縄の先をふたりの男がしっかりとにぎっている。

木は、倒《たお》したい方向に倒れないと大変なことになる。道にかかれば通行人に怪我《けが》をさせるし、小屋の上に倒れたら、ちっぽけな小屋などひとたまりもない。木の切り方を工《く》夫《ふう》した後、倒《たお》れる方向に縄《なわ》をのばして引っ張《ぱ》るのだ。

新助《しんすけ》がのこぎりを動かすたびに、おがくずがはじき出されていった。

「おーい、ぼつぼつだぞー。どいてくれよー。どいてくれよー」

ひとしきり「どいてくれ」をくりかえしたあと、新助は更《さら》に声を張《は》り上げた。

「いくぞー。しっかり縄をひっぱってくれーい」

いい終わるのと同時に、バリバリッと木が倒れはじめた。

そのときだった。

「ヒャーッ」と悲鳴《ひめい》が上がった。

倒れた木の下に、最年少の弥七《やしち》がうずくまっている。

「だいじょうぶかー」

かけつけた長五郎《ちょうごろう》に「すんません」と弥七があやまる。土に突《つ》き刺《さ》さった太い枝《えだ》が幹《みき》と地面の間に隙間《すきま》を作り、弥七はかすり傷《きず》ひとつ負っていない。そろそろと木の下からはい出てきた弥七の頭を、だれかがこづいた。

「また、おまえか、このあほが」

「怪我《けが》してもしらんぞ」

「ええかげんにせえ」

同情《どうじょう》するどころか、みな口々に弥七《やしち》をなじる。長五郎《ちょうごろう》だけが、無言で弥七を見つめている。自分が不始末をしでかしたような困《こま》った様子だった。

数人が弥七を取り囲んだ。

「今度はなんだ?」

「なにがおまえの耳をふさいだんだ。えっ? いってみろ」

「草むらにスズムシがいたんです。寒いのに、なんでまだこんなところにいるのかなあと……それに、スズムシって、よく見るときれいなんです。細い足がピッとのびて……」

弥七がいいおわる前に、またたれかが頭をたたいた。

「すんません。もう二度としません」

男たちは弥七をさんざんなじったあと、倒《たお》した木の枝払《えだはら》いにとりかかった。

木を倒すときには、かならずのこぎりを持った者が「どいてくれよー。どいてくれよー」と、大声で叫《さけ》ぶことになっている。この声を聞いたら、だれもがその木から遠く離《はな》れて、木が完全に倒《たお》れるまで見つづける。やりかけの仕事に手をつけるのは、それからだった。

木の下敷《したじ》きになってけがでもしたら大ごとだ。金も暇《ひま》もない人たちにとっては、だれの世話にもならずに健康でいることが唯一絶対《ゆいいつぜったい》の条件《じょうけん》だった。

それなのに、弥七《やしち》は花や虫に気をとられて、なんども同じ騒《さわ》ぎを起こしている。危機《きき》一髪《いっぱつ》のところで大けがを免《まぬが》れているのも毎回なら、どんなに怒鳴《どな》られても決して落《お》ち込《こ》まないで笑顔《えがお》のままでいるところもかわらなかった。

庄九郎《しょうくろう》はみんなと少し離れたところでこの騒ぎを見ていた。

「おもしろいやつだなあ。夢中《むちゅう》になったら、なにも聞こえなくなるとは。しかし、なにをしでかしてもにくめん。かわいいもんだ」

ひとりで苦笑いする庄九郎のまぶたに、阿久比《あぐい》の丘《おか》の一本桜《いっぽんざくら》がすっと姿《すがた》を現《あらわ》した。夕暮《ゆうぐ》れに浮《う》き上がったうす紅色《べにいろ》の桜を見たら、弥七はどんな顔をするだろう。目も耳もふさがってしまうほど夢中になるだろうか。庄九郎が今までで一番心を揺さぶられた光景だ。

はやく桜《さくら》を植えて、弥七《やしち》に見せてやりたかった。青空の下ではなく、かすかに残った夕陽《ゆうひ》の下でみる桜の美しさを。

弥七は人々から伐採《ばっさい》の仕事が終わるまでは山仕事に近づくなといわれ、素直《すなお》に従《したが》った。

「中の仕事をさしてもらいます」

入ってきた弥七をしのとタキノが、笑いながらむかえた。しのもタキノも、一緒《いっしょ》に来た夫の妻《つま》というより、移住組《いじゅうぐみ》全員の母親のような役目をしている。

しのよりひとつ年上のタキノが弥七に桶《おけ》を渡《わた》した。

「沢《さわ》に下りて、水をくんでくること。道草は許《ゆる》さん。どんなにおもしろいものがあっても、立ち止まったらいかんよ。いいな？」

「はい」

桶を持ち上げた弥七の口へ、しのが何かを押《お》し込《こ》んだ。ほのかな甘《あま》みが口じゅうに広がっていく。ゆでた大豆だった。たったの一粒《つぶ》なのに、子どもの頃《ころ》に食べたことのある羊羹《ようかん》のようだった。

しのが弥七《やしち》を送り出した。

「転ばんように、気をつけるんだぞ」

「はい」

弥七は足取りも軽く、沢《さわ》へとおりていった。

沢へつづく小道は険《けわ》しいけれど、真《ま》っ赤《か》にそまった漆《うるし》の葉や黄色い椚《くぬぎ》の葉が鮮《あざ》やかに山を彩《いろど》っている。弥七がもっとも好《す》きな場所だった。

有松《ありまつ》は人が増《ふ》えてにぎやかになったし、日中は街道《かいどう》を旅人が通る。新しい村らしくなっていく中で、暮《く》らしが整わないことが最大の悩《なや》みだった。

問題は食料だった。

もうすぐ冬になるというのに、家から持ってきたものはすぐにでも食い尽《つ》くしてしまいそうだ。

移住《いじゅう》してそうそうに野菜の種をまいたが、ネギは一寸《いっすん》（約三センチ）ほどにしか大きくならないし、大根も菜《な》っぱ類も、芽は出したものの成長せずに腐《くさ》ってしまった。種まきの時期が悪かったからとみんなで話し、来年の春には必ず収穫《しゅうかく》が出来ると期待しながら春の野菜の準備《じゅんび》にかかった。

庄九郎《しょうくろう》はひそかに悩《なや》んでいた。野菜のできが悪いのは、粘《ねば》っこい土のせいではないかと。しかし、みんなに話すほど自信はないし、今はいたずらに心配させるのはよくないと、自分ひとりの胸《むね》におさめておいた。

晩秋《ばんしゅう》の午後、男たちは仕事を早めに切り上げて小屋の前に集合すると、おもいおもいの場所に腰《こし》を下ろした。

ひとりだけ立って、みんなと向き合っているのは庄九郎だ。背後《はいご》から夕陽《ゆうひ》があたっていて、乱《みだ》れた髪《かみ》の毛を金色に染《そ》めている。

「あした、代官所《だいかんしょ》にいってくる」

庄九郎が役所へいくのはこれで三回目になる。足りない農機具や食料をもらえるように談判《だんぱん》しにいくのだ。出し渋《しぶ》る役人から、あれもこれもともらってくるのは、庄九郎の役目と決まっていた。

村を出るとき、役人の助けは当てにできないと言っていた庄九郎だったが、ここにきてから、どれほど役所に助けられているか分からない。嫌《いや》みは飽《あ》きるほど聞かされるけれど、最後には庄九郎《しょうくろう》たちの願いを聞き入れてくれる。ありがたいの一言《ひとこと》に尽《つ》きた。

庄九郎たちもせっぱ詰《つ》まっていたけれど、役所としても、新しい村作りを成功させなければならなかった。

「みんな、欲《ほ》しいものをいってくれ」

欲しいものといっても、菓子《かし》や新しい衣類が欲しいなどというものはいない。生きていくのに最低限《さいていげん》のものしか思いつかなくなっている。役人に頼《たの》むということ自体、法外《ほうがい》なことだとだれもが知っていた。

みんなの要求は、生きつなぐための食い物と作業に必要な道具類に集中している。

「わかった。必ずもらえるように話してくる」

話し合いが終わりかけたとき、

「あのう……」

タキノが、しのと顔を見合わせながらおずおずと声をあげた。

「なんだね、タキノさん。なんでもいうてくれ」

庄九郎《しょうくろう》にうながされて、タキノが立ち上がった。

「布《ぬの》がほしい。新しい布でなくていい。ボロボロの古着でいいから、布がほしい。今のままじゃ、つぎあてもできないから」

男たちの衣服は、しのとタキノが洗《あら》ったりつくろったりして管理していた。

「わかったよ、タキノさん。きっと布は持ちかえるよ。鳴海《なるみ》は宿場《しゅくば》だ。古着屋へ役人を引っ張《ぱ》っていくから……いつもありがたいと思っているんだ。これからもよろしくおねがいします」

庄九郎が頭を下げるのと同時に、男たち全員が「お願いします」と声を合わせた。

しのとタキノがいるだけで、どんなにみんなの気持ちがなぐさめられるかわからない。食事の用意や洗濯《せんたく》をしてくれることへの感謝《かんしゃ》はもちろんだったが、何をしてくれなくても、近くにいると感じるだけで、穏《おだ》やかになれたりする。

タキノに頭を下げる庄九郎の目の端《はし》にはしのがいる。礼をいうときはいつもタキノの名前をあげるが、庄九郎はしのへの感謝を忘《わす》れてはいない。しのは庄九郎の予想を超《こ》える働きぶりで、タキノと比《くら》べても決して見劣《みおと》りはしなかった。

えらいぞ、しのと、褒《ほ》めてやりたい気持ちの裏《うら》で、ここまで働かせている自分に腹《はら》も立った。村長の娘《むすめ》として大事に育てられてきたしのは、汗《あせ》と土にまみれてみるかげもない。

身を粉《こ》にして働いても、暮《く》らしのめどがたたないことに、庄九郎《しょうくろう》は内心《ないしん》いらだっていた。長《おさ》のような立場になってしまって、グチも口にだせないでいたが、ほんとうは大声でわめきたい。しのをみていると、送り出してくれた村長が浮かび、申《もう》し訳《わけ》ない思いでいっぱいだった。

話し合いが終わると、新助《しんすけ》が近づいてきて、明日は荷車を引いていくかと聞いてくる。

「そうだな。荷が多くなりそうだから、そうするか」

役所行きはいつも新助が同行する。力持ちの新助は、有松《ありまつ》になくてはならない大切な人材だった。

その年の冬は、寒さをしのぐために、みんなはひとつの小屋に集まり、肩《かた》を寄《よ》せ合って暖《だん》をとりながら冬を越《こ》した。実際《じっさい》には夫婦者《ふうふもの》の小屋が二つ増《ふ》えていて、夫婦者は秋の終わりまではそれぞれの小屋で過《す》ごしていた。寒さを忍《しの》ぶためにというのは表向きの口実で、仲間の気持ちが離《はな》れないようにできるだけ一緒《いっしょ》に時を過ごしたい庄九郎《しょうくろう》の願いでもあった。食い物が十分にないうえに寒さまで加わったら、気持ちが沈《しず》んで将来《しょうらい》に希望がもてなくなるのではないかと、彼《かれ》はおそれたのだ。

春になって、暖《あたた》かい外気が心の中をも暖めてくれるようになると、夫婦者《ふうふもの》はまたもとの小屋に戻《もど》った。

開墾《かいこん》して畑は着実に広がっていくが、まだまだみんなの食《く》い扶持《ぶち》をまかなう広さにはなっていない。まして、作物を売って金にするなど、現実味《げんじつみ》のない夢物語《ゆめものがたり》だった。日があるうちは木を切り、根を掘《ほ》り起《お》こし、畑を耕《たがや》す。そして倒《たお》れた木々の枝《えだ》を払《はら》ってたきつけにしたり、山に分け入って狐《きつね》やウサギを仕留《しと》める狩人《かりゅうど》のまねごともしている。食いつなぐことにやっきになっていた。

春には麦がすくすく育つのを想像《そうぞう》して、互《たが》いに顔をほころばせ、大豆が大量に収穫《しゅうかく》できたら、豆腐《とうふ》でも作って旅人相手の商《あきな》いでもしようかと、話がはずんだ。

しかし、春になっても、夏の初めの汗《あせ》ばむ季節になっても、麦は芽を出さず、野菜はほとんど立ち枯《が》れてしまった。

自分たちのやり方に間違《まちが》いはないはずだった。なにがわるかったのかと、いくどとなく話し合ったが、それらしい原因《げんいん》をみつけることができない。庄九郎《しょうくろう》たちより後からきた第二陣《じん》の移住者《いじゅうしゃ》たちを訪《たず》ねてみても、どこも似《に》たような状況《じょうきょう》だった。

庄九郎は重たい口を開いた。

「土かもしれねえ」

ずっと考えていたことだった。

「やっぱり、そうか」

と、新助《しんすけ》があいづちをうち、他《ほか》にもなんとなく納得《なっとく》していそうな顔がいくつかあった。

みんな子どもの頃《ころ》から野良仕事《のらしごと》をしているのだ。土がちがうことぐらい、だれだって気づいていた。でも、作物が育たないのはそのせいだと思ったことはなかった。

シンと静かになったところで、庄九郎が静かに話し出した。

「ここの土は水気を含《ふく》んでいていいと思ったが、見当違《けんとうちが》いだった。ねばりがあって、余《よ》分《ぶん》な水気を流さねえ。だから、作物がくさっちまうんだ」

「じゃ、どうするんだ？」

と、すぐにだれかがいう。

いい土と入れ替《か》えればいい。しかし、どこへいったらいい土があるのかわからないし、第一、ちょっとやそっとの量ではない。畑の土をそっくり入れ替えるなど不可能《ふかのう》だった。

原因《げんいん》らしいものが見えてきても、改善《かいぜん》の方法がない。

「庄九郎《しょうくろう》、どうしたらいいんだ」

「庄九郎さん、ここで飢《う》え死《じ》にしたかねえ」

「おれたちはあんたを信じてここにきたんだ。あんたが大丈夫《だいじょうぶ》だといったからだ。どうしてくれるんだ」

「そうだそうだ、あんたがおれたちをその気にさせたんだ」

「開拓《かいたく》したら、夢《ゆめ》がみられるっていったじゃねえか」

怒《いか》りの矛先《ほこさき》が庄九郎に向けられてきた。不安の気持ちをなににぶつけたらいいかわからないのだ。強くて指導力《しどうりょく》のある庄九郎が、自然と標的《ひょうてき》になっていった。

庄九郎は覚悟《かくご》を決めて、みんなのやり場のない怒りを受け止めていた。「おまえが悪い」とののしられても言葉をかえさず、じっと耐《た》えるのが自分の役割《やくわり》だと思っていた。

みんなの前では平然としていたが、ほんとうは不安と心配で、今にも押しつぶされそうだった。

百姓《ひゃくしょう》にできるのは作物を作ることだけだ。売って金にする以前に、自分たちが食べていかなければならない。

「なんとか、いい土を作っていくよりない。もっと枯《か》れ葉を集めて、堆肥《たいひ》を作るしかねえ」

庄九郎《しょうくろう》の出した結論《けつろん》にみんなはうなずくけれど、表情《ひょうじょう》は暗いままだ。頼《たの》みの堆肥作りには時間がかかる。枯れ葉は冬にしか集まらないのだ。理屈《りくつ》は分かるけれど、土を変えるなど、気が遠くなるような話だった。

希望がまた遠ざかっていった。

小さな小屋の中で、しのとふたりになれる時間は庄九郎にとってかけがえのないものだった。幸せだと思うそばから、ひとり者の新助《しんすけ》たちにすまないと、ひそかに詫《わ》びたりもした。

5・きざし

庄九郎《しょうくろう》の代官所《だいかんしょ》通いがつづいた。はじめのうちこそ同情《どうじょう》していた役人たちも、一年たってもまともに作物を作れない庄九郎たちに、だんだん冷たくなってきた。

「ちゃんと仕事をしているかどうか、あやしいもんだ。頼《たの》めばなんでももらえると思ってるんじゃねえのか?」

ののしられても怒鳴《どな》られても、ひたすら頭を下げて役人にすがるしかない。ここまで役人を頼《たよ》らなければならない生活になるなんて、村を出るときには想像《そうぞう》もしていなかった。

「秋には、秋には何とかなるはずです。それまで、どうかお願いします」長い時間土下《どげ》座《ざ》して、やっと米を少しと麦や粟《あわ》などの穀物《こくもつ》をもらい、塩や乾物《かんぶつ》を買うための金をもらうことができた。

新助《しんすけ》の荷車を後押《あとお》ししながらいく庄九郎《しょうくろう》の横を、旅人たちが通りすぎていく。みな同じようにわらじを履《は》いて菅《すげ》で作った笠《かさ》をかぶったり手に持ったりしていた。

庄九郎はひらめいた。

「止まってくれ」

と、新助の荷車を止めさせ、帰る道とは反対の方向を示《しめ》した。

「あっちへいく」

「あっちって、村はずれでなにもないところへかい」

「そうだ。いってくれ」

鳴海《なるみ》の宿場《しゅくば》を通り抜《ぬ》けると、街道沿《かいどうぞ》いに田や畑がつづいている。

庄九郎は大きな屋根の農家を見つけて、新助を待たし、戸口の前で声を上げた。

すぐに老人が出てきた。

庄九郎は自分がどこで何をやっているものかをきちんと説明した。

老人はなんどもうなずいた。

「あんたらのことはしっとるよ。開墾《かいこん》しながら畑仕事もしているんだろう？　ご苦労なことだと、話してるんだ」

少し腰《こし》の曲がった老人は、庄九郎《しょうくろう》の粗末《そまつ》ななりをみて、仕事が上手《うま》くいっていないと感じたらしい。

「菜《な》っぱとゴボウがあるけど、少しもっていくかね？」

「いえ、そんなつもりじゃ……」

いうそばから、目頭《めがしら》が熱くなった。阿久比《あぐい》の庄《しょう》をでてから、知らない人にやさしい言葉をかけてもらったのははじめてだ。

「若《わか》いときの苦労は宝《たから》だで。きっといつか開けていくから、それまでの辛抱《しんぼう》だ」

「ありがとうございます」

腰を折って相手から顔が見えなくなったすきに、庄九郎はさっと指先で涙《なみだ》をぬぐった。

「食いものはいいんです。さっき、お役所で頂戴《ちょうだい》してきました。厚《あつ》かましいお願いですが、わらをもらえないでしょうか？」

「わらか。そうかい、わらがほしいのかい」

老人は庄九郎《しょうくろう》を家の裏《うら》に案内した。軒下《のきした》に積み上げられたわらの束《たば》を、どさっと庄九郎の足下《あしもと》になげだす。

「牛の餌《えさ》になるはずだったが、この間死んじまった。ここのわらはいらねえんだ」

いらないわらが農家にあるわけがない。堆肥《たいひ》を作るにも畑の霜《しも》よけにするにも、わらは貴重《きちょう》だ。米や麦を入れる俵《たわら》も、縄《なわ》も、はきものも、みんなこのわらで作るのだ。

「ありがとうございます。ご恩《おん》は決して忘れません」

「困《こま》ったときはおたがいさまだ」

老人にかつげるかと聞かれて、庄九郎は道ばたに荷車をとめているとこたえた。

「積めるだけ積んでいくんだな」

庄九郎は何度も頭を下げた。

(いつか、恩返《おんがえ》しをしなくては。ああ、有松《ありまつ》の仕事を成功させたいなあ。わら仕事はきっと暮《く》らしの役に立つ)

しぼみかけた夢《ゆめ》が、少しずつふくらんでいった。

山仕事と畑仕事にもう一つ仕事が加わった。もらってきたわらで、わらじとみのを作って旅人に売るのだ。

こぎれいな小屋を早速《さっそく》建てて、わらじとみのを並《なら》べてみたが、店にしてはなんともさびしい。弥七《やしち》がとってきたヨモギでタキノが団子《だんご》を作り、店先においたら、ひとりふたりと客が立ち寄《よ》った。ドクダミで作ったお茶も好評《こうひょう》だった。

茶店《ちゃみせ》は予想以上の繁盛《はんじょう》ぶりで、ヨモギ、キク、ゲンノショウコなどの野草を乾燥《かんそう》してお茶にしたり、団子や小麦まんじゅうなどは、作れば作っただけすべて売れていった。

歩き疲《つか》れた旅人から「このまま休みたい。一晩泊《ばんと》めてくれないか」と、いわれることも度々《たびたび》あったが、それはできない相談だった。新しい村作りが決まったときから、宿場《しゅくば》は近くに鳴海《なるみ》があるので、宿屋をしてはいけないと役人からいわれていた。

宿屋の望みは叶《かな》えられないものの、茶店とわらじなどの商《あきな》いで、そこそこ日銭《ひぜに》がはいってくるようになると、人々は張《は》り合いでわら仕事や野草採《と》りに取りかかった。

すこし金が貯《た》まると、鳴海の老人を訪《たず》ねてわらを安く買わせてもらった。

しかし、わらじや団子を売ったところで金額《きんがく》はしれている。暮《く》らしは相変わらずで、

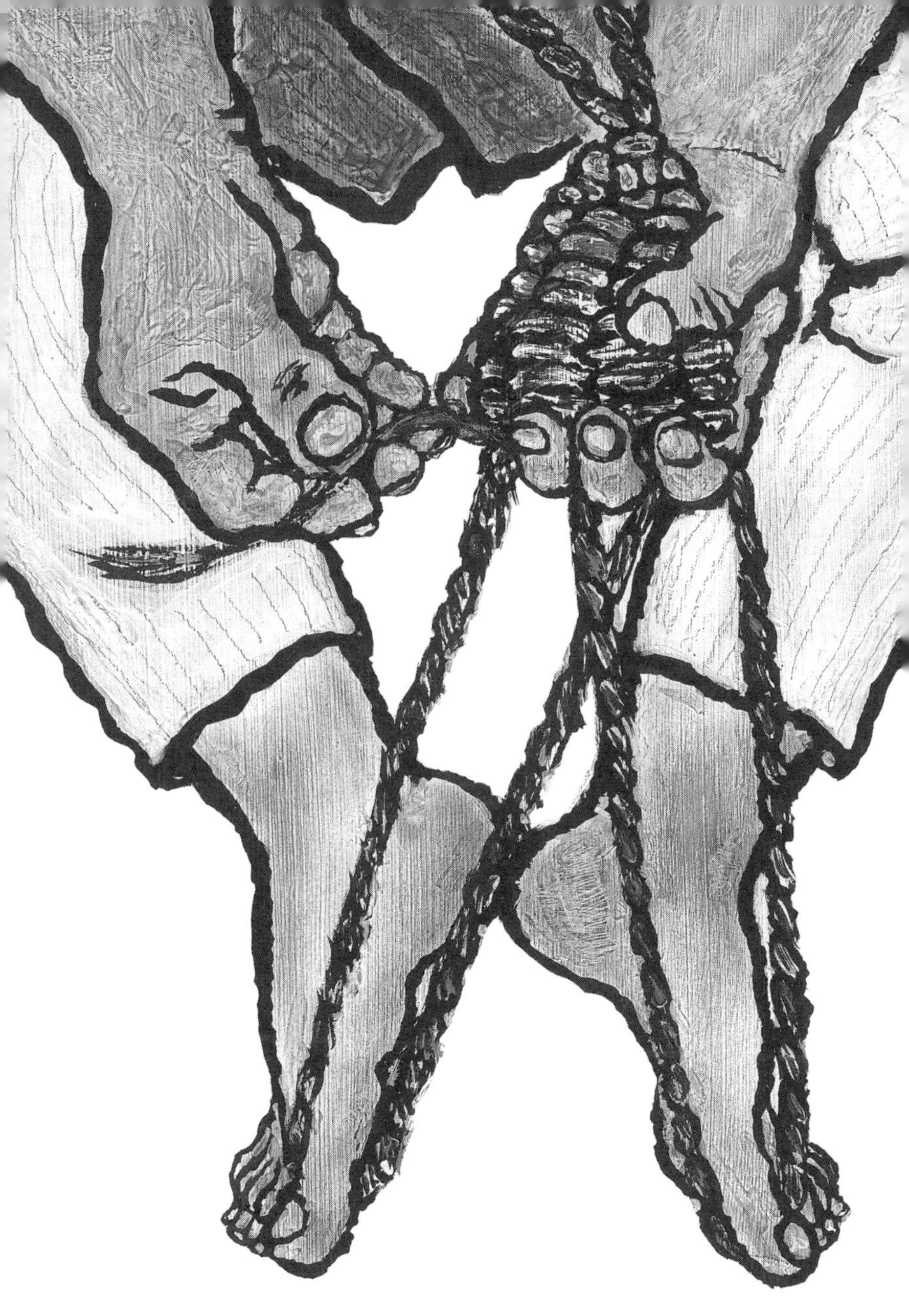

食うや食わずのままだった。

わら仕事に精《せい》をだす一方、畑の土の改良にも取り組んだ。堆肥《たいひ》になるのが待ちきれずに、土にそのまま枯《か》れ葉を粉々《こなごな》にして混《ま》ぜたりもした。

そして、秋。

あんなに努力したのに、作物はことごとくみんなの期待を裏切《うらぎ》った。豆類はひとつのさやに一粒《つぶ》入っていればいい方で、ほとんどは空《から》。頼《たの》みの芋《いも》も親指ほどにしか成長していない。かろうじて青菜がわりに育ったが、悲しいことに保存《ほぞん》がきかないし、腹《はら》のたしにならなかった。

みんなは頭を抱《かか》えるだけで、もう庄九郎《しょうくろう》をなじることさえもしない。

誰《だれ》かが力無くつぶやく。

「こんなところにくるんじゃなかった」

今まで、どんなに困《こま》っても決して口にしなかった言葉が、ついに出てしまった。

「いったいどうしたらいいんだ」

「お上《かみ》のいうことなんか、信じなければ良かった。いくら土地をもらったって、なんにもならねえ」

一通り腹《はら》いせまじりに悪態《あくたい》をつくと、みんなはだまりこんだ。ぬけだせない迷路《めいろ》に迷《まよ》い込《こ》んでしまったような気分だった。

「なあ、帰らねえか?」

ひとりがぽつんといった。とうとうくるところまできてしまった。

「わびをいれて、阿久比《あぐい》へ帰ろう。考えてみりゃあ、ここよりはずっとましじゃねえか」

「食いもんもらって、道具もらってでてきたのに、どの面《つら》さげて帰れるんだよ」

「見栄《みえ》をはってる場合じゃねえだろ」

「帰りてえなあ……」

みんなの気持ちは阿久比の庄《しょう》へ飛んでいる。頑張《がんば》ってやっと自分の土地を持ってみたものの、それは夢《ゆめ》のかけらほどにも役に立たないのだ。今までの苦労はなんだったのだと思うそばから力が抜《ぬ》けていった。

庄《しょう》九郎《くろう》はうなだれて、みんなの声を聞いていた。

「おれは帰るぞ」

大きな叫《さけ》び声があがって、あとに「おれもおれも」と何人もがつづく。

庄九郎《しょうくろう》は焦《あせ》る気持ちを必死に押《お》さえて、みんなを残るように説得できる言葉を探《さが》していた。焦れば焦るほど、頭の中が白くなっていく。せっかく思いついた言葉は宙《ちゅう》でからまわりしていった。

まわりの空気はすでに、ここを捨《す》てて郷里《きょうり》に帰るという方向に流れている。

「おれは帰らねえ」

ゆるぎのない声で言い切ったのは、あの弥七《やしち》だった。みんなに役立たずと怒《おこ》られてばかりの弥七だった。

「みんなのこと、立派《りっぱ》だと思ってた。すごい人ばっかだと思ってた。それが、たったの一年であきらめる？　情《なさ》けなくて、涙《なみだ》がでてくらぁ」

聞いているだれもが、ぽかんと弥七を見つめている。あまりの変わりように、みんなが言葉をなくしていると、

「やだーっ。帰りたくねえよー。おれは、おれは、ここでちゃんとやっていきてえよー。ウェーン」

と、それこそほんとうに泣き出してしまった。

おんおんと声を上げて泣く弥七《やしち》の背中《せなか》を、タキノがやさしくなでつづける。

「弥七は弥七なりに頑張《がんば》ってきたんだ。食べられる草をとってきたり、キノコを干《ほ》して保存《ほぞん》したり、枯《か》れ葉集めだって、おまえが一番だ。遠くの山までいってたもんな。おまえは役立たずなんかじゃねえ」

一通り弥七をなぐさめた後、タキノがうしろを向いて夫の長《ちょう》五郎《ごろう》に目配せした。長五郎はこくっと小さくうなずいてからゆっくりと立ち上がった。

ざわめきが一瞬《いっしゅん》とまった。

静かな中で、長五郎が一気にいいきった。

「おれら夫婦《ふうふ》も、残る。一度決めたことだ。年がら年じゅう長男夫婦の顔色をうかがう暮《く》らしなんかに、もどりたかあねえ」

それを聞いて、新助《しんすけ》が庄《しょう》九郎《くろう》のひざをたたいた。庄九郎の出番だ。

「ここで食えるようになるまで、おれは何度でも役人に頭を下げにいく。なあ、もう少し、踏《ふ》ん張《ば》ってみねえか。畑だって、時間と手間をかければ、きっとなんとかなる。おれは、みんなと一緒《いっしょ》にがんばりてえ。

自分の家を持って、米の飯《めし》を腹《はら》一杯食うんだろ？　阿久比《あぐい》に帰ったら、もう夢《ゆめ》はみられねえ。二度と再《ふた》び、夢さえも見られねえんだ。なあ、もうちっとだけ辛抱《しんぼう》してみねえか」

新助《しんすけ》、弥七《やしち》、タキノが手をたたき、あとからぱらぱらと賛同《さんどう》の拍手《はくしゅ》がおこった。積極的といえなくても、全員がここに残る意志《いし》を表した。

すみっこに座《すわ》って成り行きを見守っていたしのの顔に、笑《え》みがこぼれた。いつの間にかあどけなさはすっかりなくなっていて、タキノのようなたくましさが備《そな》わっていた。

庄九郎《しょうくろう》たちは、暇《ひま》さえあれば畑にでて土に手を入れた。堆肥《たいひ》を入れたり良く耕《たがや》して陽《ひ》に当てたりしてみたが、結果ははかばかしくなかった。出来損《できそこ》ないの作物が申《もう》し訳《わけ》にできるだけだった。

晩秋《ばんしゅう》のある夜、野分《のわき》の激《はげ》しい風に目が覚《さ》めたしのは、となりで寝《ね》ている庄九郎にそうっと声をかけた。

「寝てるかね」

「いんや」

「ちょっと話してもいいかね」

庄九郎《しょうくろう》に「なんだ?」といわれて、しのはずっと気になっていたことを、寝《ね》たまま話し出した。正座《せいざ》して話すより緊張《きんちょう》がなくて良いと考えた。

家を出るとき、父親の村長から『どうにもならなくなったら、頼《たよ》ってこい。一度だけ助けてやる』といわれたのだ。今がその時ではないかと思うが、どうするとたずねるなり、庄九郎が飛び起きた。

「なんちゅう……ああ、ありがてえなあ。村長。ありがとうございます」

闇《やみ》の中で、しのには何も見えないが、庄九郎が深々《ふかぶか》とお辞儀《じぎ》している姿《すがた》が目に浮《う》かんだ。

「おれは負けねえ。踏《ふ》ん張《ば》る。きっとなにかいい方法があるはずだ。しの、信じて待っていてくれ。村長の言葉は忘《わす》れねえ。でかい力をもらったぞ」

「わかりました」

激《はげ》しい風がすうっと通り抜《ぬ》け、小雨《こさめ》が草の屋根をたたいていた。

有松《ありまつ》に来て二回目の冬を迎《むか》えようとしていた。

さすがの庄九郎《しょうくろう》もこれからどうしたらいいのかと思い悩《なや》んでいるとき、藩主徳川義直《はんしゅとくがわよしなお》の居城《きょじょう》に名古屋城《なごやじょう》が築《きず》かれるとのうわさが伝わってきた。巨大《きょだい》な城《しろ》は地元だけで築城《ちくじょう》できるわけもなく、天下普請《てんかぶしん》らしい。

天下普請とは、江戸幕府《えどばくふ》が全国の諸大名《しょだいみょう》に命令して行わせた土木工事のことで、名古屋城は西国《さいごく》、九州《きゅうしゅう》、北国《ほっこく》の大名二十名の責任《せきにん》で造《つく》られることになった。

うわさを聞くなり、庄九郎は代官所《だいかんしょ》にかけこんだ。

「名古屋に城を造るって聞きました。人足《にんそく》はいりませんか?」

工事現場《げんば》で飯《めし》を食わせてもらえるだけでもありがたかった。木を切って開墾《かいこん》するより、畑に種をまくより、今は食える方法を探《さが》すのが何より大事だった。

役人に頭を下げて食料を助けてもらうことにも限界《げんかい》がある。いつまでこんな事をくり返していくのかと、役人にいわれる前に、自分たちが痛《いた》いほど感じている。

とにかく、ひもじさから解放《かいほう》されたかった。

冬の寒さがゆるみはじめたころ、名古屋城《なごやじょう》の工事が始まった。

城《しろ》が造《つく》られる場所は名古屋の西北端《せいほくたん》にあって、見上げるほどの高台だった。下の方には大きな泥沼《どろぬま》があり、ずっと先には木曽川《きそがわ》と庄内川《しょうないがわ》が滔々《とうとう》と流れている。台地の南と北には、広大な平地があって、東海道《とうかいどう》や熱田湊《あつたみなと》へとつづいていた。

城を築《きず》く予定の地は、軍事的にみれば自然の要塞《ようさい》を兼《か》ねていた。また、将来《しょうらい》、広々とした平地に人が集まれば経済《けいざい》や文化が栄えるだろうし、湊と街道《かいどう》までそなえているのだから交易《こうえき》にも問題はなかった。

家康《いえやす》は全《すべ》てのことを視野《しや》に入れつつ、西日本一帯を治めるのにふさわしい城づくりにかかった。しかも、天下普請《てんかぶしん》の担《にな》い手はほとんどが外様大名《とざまだいみょう》で、金と人を使わせて幕《ばく》府《ふ》に刃向《はむ》かう力を削《そ》ぐ目的もあった。

西日本一帯から集まった人々の数は、膨大《ぼうだい》なものだった。大地から湧《わ》いて出てきたような人の数のなかで、庄九郎《しょうくろう》たちは働いている。有松《ありまつ》からは庄九郎や新助《しんすけ》の他《ほか》にも何人か参加していた。ありがたいことに食い物にありつけるだけでなく、わずかでも給金がもらえるということだった。

庄九郎《しょうくろう》に笑顔《えがお》が絶《た》えない。

築城《ちくじょう》の仕事にありつけたことも理由のひとつだが、家を出る数日前に、しのから子どもが宿《やど》ったと知らされた。

有松《ありまつ》で出産したいと言い張《は》るしのを、庄九郎は阿久比《あぐい》の実家に帰した。久《ひさ》しぶりの里帰りにもなるし、親元での出産はしのにも庄九郎にも安心だった。来春には、子が生まれていると思うと、いつにもましてやる気がでてきた。

「おーい。集まれー」

号令と同時に、何百人という人足《にんそく》たちがかけよってくる。

「これから熱田湊《あつたみなと》へいく」

「へーい」

庄九郎たちは、大きな石を運ぶ仕事をもう十日ほどつづけている。

紀伊《きい》（和歌山県）、播磨《はりま》（兵庫県南西部）、肥前《ひぜん》（佐賀県と長崎県の一部）などの遠方で切り出された石が、海を渡《わた》って熱田湊につく。湊から現場《げんば》までは修羅《しゅら》に乗せて引っ張《ぱ》っていくのだ。

修羅《しゅら》は大きなものを運ぶ道具だ。荷の下に丸太を並《なら》べて転がし、移動《いどう》に合わせて丸太を入れ替《か》えていく。

庄九郎《しょうくろう》たちが湊《みなと》についたときにはすでにたくさんの人足《にんそく》がきていて、石も修羅に乗せられていた。

どこへいくにも一緒《いっしょ》の新助《しんすけ》が、石を見上げて驚《おどろ》いている。

「すっげー。こんなでかい石、見たことねえや」

庄九郎だって同じだ。世の中にこれほど巨大《きょだい》な石が存在《そんざい》しているということ自体《じたい》、不思議でならない。庄九郎たちが有松《ありまつ》で寝起《ねお》きしている共同の小屋よりもずっと大きい。

石の大きさも尋常《じんじょう》ではないが、人足の数も尋常ではなかった。ひとりふたりと数えることはできないけれど、明らかに千人に近いのは確《たし》かだった。

荷を引く綱《つな》も太いし、いつもよりはずっと長かった。

庄九郎と新助が前後して人の列に加わり、肩《かた》に綱を乗せたときだった。

「おい、そこのふたり、出てこい」

石運びを監督《かんとく》している侍《さむらい》ふうの男が、庄九郎と新助を呼《よ》び出した。

「おまえらは、引っ張《ぱ》らなくていい。石の近くへいけ」

何事かと思ったら、ふたりがひと組になって、丸太を使う仕事をしろという。

男はふたりの働きぶりにはやくから目をつけていたらしい。

「おまえらは息も合うし、仕事もできる。きょうから修羅《しゅら》の丸太係だ。いいな」

なんといっても石は巨大《きょだい》だ。下に置く丸太は太く、数も多い。当然の事ながら、扱《あつか》う人の数も半端《はんぱ》ではなかった。春とは名ばかりの寒さの中、人々の顔は赤く上気して、全身から汗《あせ》が噴《ふ》き出していた。

庄九郎《しょうくろう》と新助《しんすけ》は、最後尾《さいこうび》ではずされた丸太を最前列に運ぶようにと命じられた。

「はじめっ」

号令がかかると、綱《つな》を引く人たちがいっせいに声を出した。

「よーい、そーれ、よーい、そーれ」

歌うようなかけ声があたりに響《ひび》き渡《わた》っていく。綱を引く人たちの顔はみるみる真っ赤になり、体も前かがみになって懸命《けんめい》に引っ張《ぱ》っているのに、修羅はぴくりとも動かない。

動き出すまでが、一番力が必要になる。

綱《つな》を持たない庄《しょう》九郎《くろう》と新助《しんすけ》も、腹《はら》の底から声をだした。

「よーい、そーれ、よーい、そーれ」

ギシッ
修羅《しゅら》が鈍《にぶ》い音をたててゆらっと横にゆれた。

「よーい、よーい」

修羅はやっとそろりそろりと動き出した。

綱を引く人たちの額《ひたい》に汗《あせ》が噴《ふ》き出ているのは当然だが、見守る侍《さむらい》衆《しゅう》や丸太の係のものまで、顔は上気して赤いし、知らない間に握《にぎ》りしめたてのひらはじっとりと汗《あせ》ばんでいた。

湊《みなと》が見えなくなる辺《あた》りまでくると、道はゆるやかな登りになる。おまけにいくつもの曲がり角があった。

角にさしかかると、人の手だけで足りないときには、石に巻《ま》いた綱を何人もが器用に引いては均衡《きんこう》を保《たも》った。

やっと坂を登り切ったら、今度は下りだ。いくらなだらかな坂でも、丸太の上の石は巨大《きょだい》なのだ。ものすごい勢《いきお》いで下ってしまう。そうならないために、今度は石の後ろから縄《なわ》を引っ張《ぱ》りながらそろそろと下っていく。

庄九郎《しょうくろう》と新助《しんすけ》は石の後ろに控《ひか》えていて、最後部の丸太が石から離《はな》れるのを待ってその丸太を前に運んでいった。

石運びは、途中《とちゅう》で人足《にんそく》が少しずつ入れ替《か》わったりしながらも順調に進んでいた。

城《しろ》が建つ高台がみえてきて、あと一息と言うところに来て、石がぐらっと傾《かたむ》いた。

「あぶないっ」

人の力で押《お》さえられるような傾きではない。みんながぱっと石から離れていく中で、ひとりだけ、倒《たお》れかけた石を支《ささ》えようと両手を添《そ》えている人がいた。

庄九郎は走った。

ありったけの力を出して走り、石を押《お》さえようとしている人に横から体当たりした。

気がついたら、ふたりは道の端《はし》に倒れ込《こ》んでいて、すぐそばに巨石《きょせき》がごろーんと転がってきた。

かけつけた新助が心配そうに庄九郎を見つめていた。

「けがは？　だいじょうぶですか？」

庄九郎《しょうくろう》はこくっとうなずいた。

庄九郎に突《つ》き飛《と》ばされた男は、新助《しんすけ》には目もくれず、

「どうしよう……丸太はちゃんと入れたつもりなのに……」

と、うなだれている。男は最前列で丸太を挟《はさ》み込《こ》む仕事をやっていた。

修羅《しゅら》はやっかいだ。平らでまっすぐの道なら間違《まちが》いも少ないが、砂利道《じゃりみち》でおまけに曲がりくねったりしていると、石ころひとつでも災《わざわ》いしてひっくり返ってしまう。

人足《にんそく》たちが、転がり落ちた石を取り囲んでさわいでいる。まるで蜂《はち》の巣《す》をつついたような騒々《そうぞう》しさだ。

侍《さむらい》が、

「だれだ。どいつがしでかした？」

と、わめきちらしている。

丸太の係にさんざん当たり散らしたが、「わたしが犯人《はんにん》です」などといいだす者がいるわけがない。実際《じっさい》、修羅には原因不明《げんいんふめい》な出来事が多かった。

侍《さむらい》は道に落ちた石を、じっと見つめていた。

腕《うで》を組んで、空を見上げたり足下《あしもと》をにらんだりしながら、悩《なや》んでいる。

今までにも、修羅《しゅら》から石が落ちたことは何回かあった。その都度《つど》、石は通行のじゃまにならないところに動かし、再《ふたた》び修羅にのることはなかった。落城《らくじょう》を連想させるので縁起《えんぎ》が悪いとされ、築城《ちくじょう》には利用されなかった。

やがて侍はくいっとあごをあげ、

「やりなおーしっ」

と、号令をかけた。

人足たちはたがいに顔を見合わせて「えっ？　運ぶのか？」とささやきあう。しかし、自分たちには関係のないこととして、命じられるまま働きだした。

腰《こし》を上げた庄九郎《しょうくろう》は、隣《となり》でまだ首を傾《かし》げている男の手をつかんで立ち上がらせた。

男はその時になって初めて真顔になり、

「危《あぶ》ないところを助けてもらって、ありがとうございました」

と、おじぎした。

「今頃《いまごろ》になって、背中《せなか》が寒くなります。あんな石の下敷《したじ》きになったら、あっという間にあの世いきだ。ありがてえ。おかげさんで命びろいができました」

男は菊一《きくいち》と名乗り、豊後《ぶんご》（大分県）からやってきたという。食《く》い扶持《ぶち》を求めて人足《にんそく》になった庄九郎《しょうくろう》たちとちがって、菊一は税《ぜい》を労働で納《おさ》めるために送られてきたらしい。

天下普請《てんかぶしん》とはもともとそういうものだった。諸大名《しょだいみょう》がただで労働力を手に入れるためには税にするしかなかった。

道ばたに転がり落ちた石は、長い時間をかけてまた修羅《しゅら》の上にのっかった。

動き出した修羅の横で、侍《さむらい》が「チッ」と舌打《したう》ちをする。

「苦労して運んでも、この石は城《しろ》には使えねえ。小さく砕《くだ》いたら、なにかに使えるだろう」

侍が悩《なや》んでも捨《す》てられなかった巨石《きょせき》は、黒々と鈍《にぶ》い光を放っていた。

その日の夜、菊一が庄九郎を宿舎《しゅくしゃ》にたずねてきた。

「なにかお礼をしたいけんど、こんなものしかなくて……」

手渡《てわた》されたのは真新しい手ぬぐいだった。広げると、白い木綿《もめん》のところどころが青色になっていて、その中心で白い模様《もよう》が花のように散らばっている。

一目見て、青色は藍《あい》で染《そ》めたものだとわかった。藍はからだにいいということで、昔からよく使われていた。役人が冬の防寒着《ぼうかんぎ》に藍染《あいぞ》めの着物を着ているのを見たこともあった。でも、藍色一色で、模様などはなかった。

「こんなきれいな手ぬぐい、みたことねえ」

庄九郎《しょうくろう》たちは手ぬぐいさえ持っていなくて、汗《あせ》ふきにはぼろ布《ぬの》を使っていた。

「えらく贅沢《ぜいたく》な手ぬぐいだなあ」

しきりに感心している庄九郎に、

「贅沢だなんて、とんでもねえ。これはおれのかかあが家で染めたもんだで」

と、菊一《きくいち》がはずかしそうにいう。

「家で染められる？　こんなことが、家でできるって、ほんとうですか？」

「なんでそんなにびっくりするんだか……手ぬぐいだけじゃなくて、おれが持ってきた着物の着替《きが》えにも染めが入ってるけど……」

菊一がまだ話しているのに、庄九郎は、

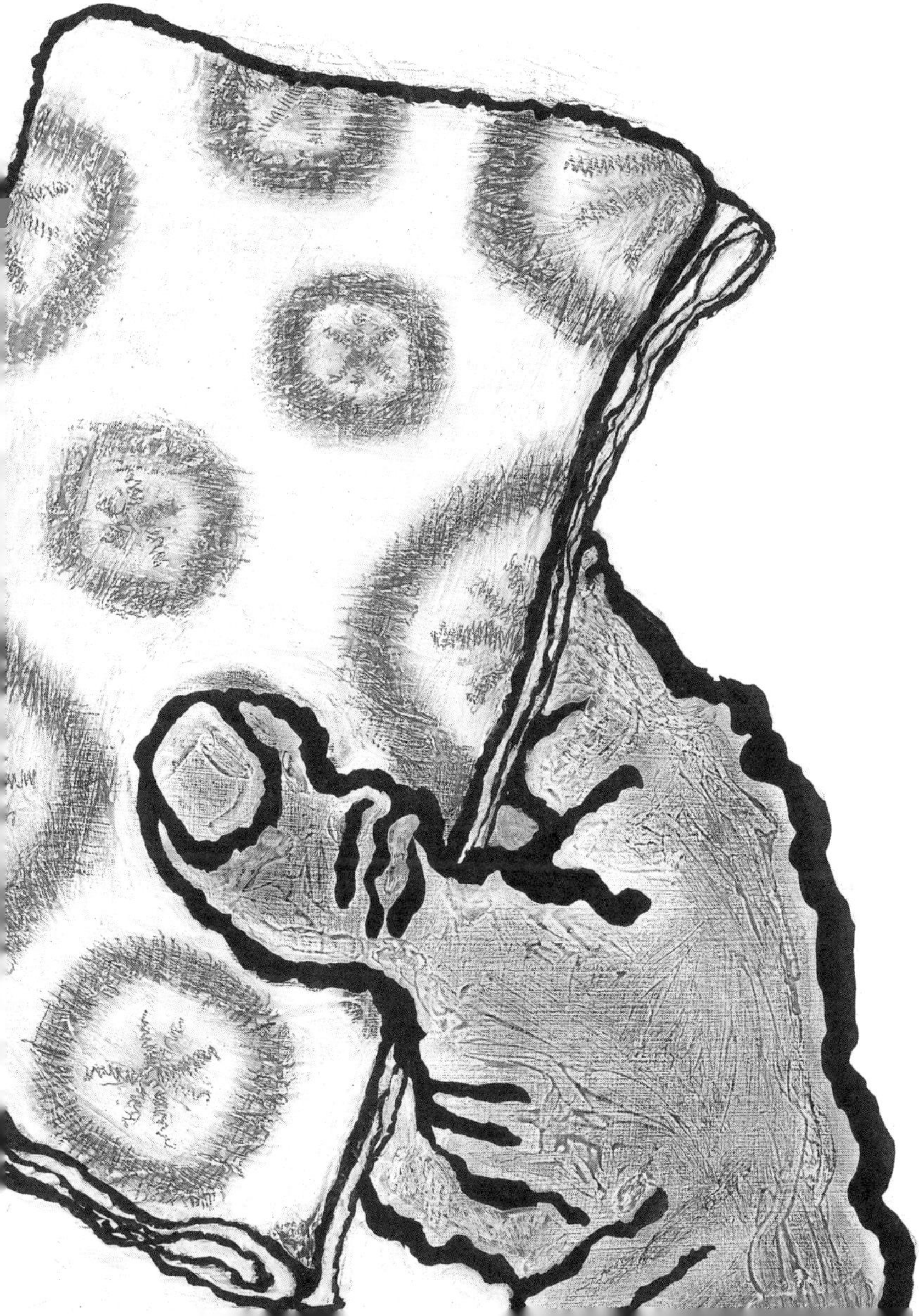

「見せてくれ。おれにその着物を見せてくれ」

と、菊一《きくいち》の肩《かた》をゆさぶった。

菊一は自分の着物だけでなく、豊後《ぶんご》の仲間たちにもよびかけて、染《そ》めの入った持ち物を見せてくれた。

手ぬぐいは当たり前で、着古したよれよれの着物にまでその模様《もよう》は入っていた。豊後絞《ぶんごしぼ》りと呼《よ》ばれる絞り染めだった。模様になる部分を糸で絞って藍《あい》で染め、あとで糸を取り除《のぞ》くと染まらなかった部分が白く残って模様になる。

布を見て、これほどしみじみ美しいと感じたのははじめてだった。布のやわらかさと色合いのやさしさが、庄九郎《しょうくろう》をとりこにする。藍と白はたがいを引き立てあいながら、つつましく清らかに輝《かがや》いていた。

庄九郎のからだじゅうを、熱い血が激《はげ》しく流れていった。

庄九郎は目を閉《と》じて、一枚《まい》の着物を想像《そうぞう》してみた。青い地色に浮《う》き出た白い小花が、肩にも裾《すそ》にもふんだんに散っている着物だ。しのにふわりとかけてみた。小柄《こがら》なしのが、目をくりっと動かして満面で笑っている。

絞《しぼ》り染《ぞ》めの先に、しのの笑顔《えがお》がはっきりと見えた。

「これだ。これだ」

なぜこれほどに強く確信《かくしん》するのか、自分にもわからなかった。理由を説明しろといわれればいくらでも言葉にできるが、本当のところは言葉にならない稲妻《いなづま》のようなものだった。突然《とつぜん》庄九郎《しょうくろう》の全身に降《お》りてきた神の意志《いし》としかいいようがない。

庄九郎は信じて疑《うたが》わなかった。自分たちの生きる道がはっきり示《しめ》されたと感じた。

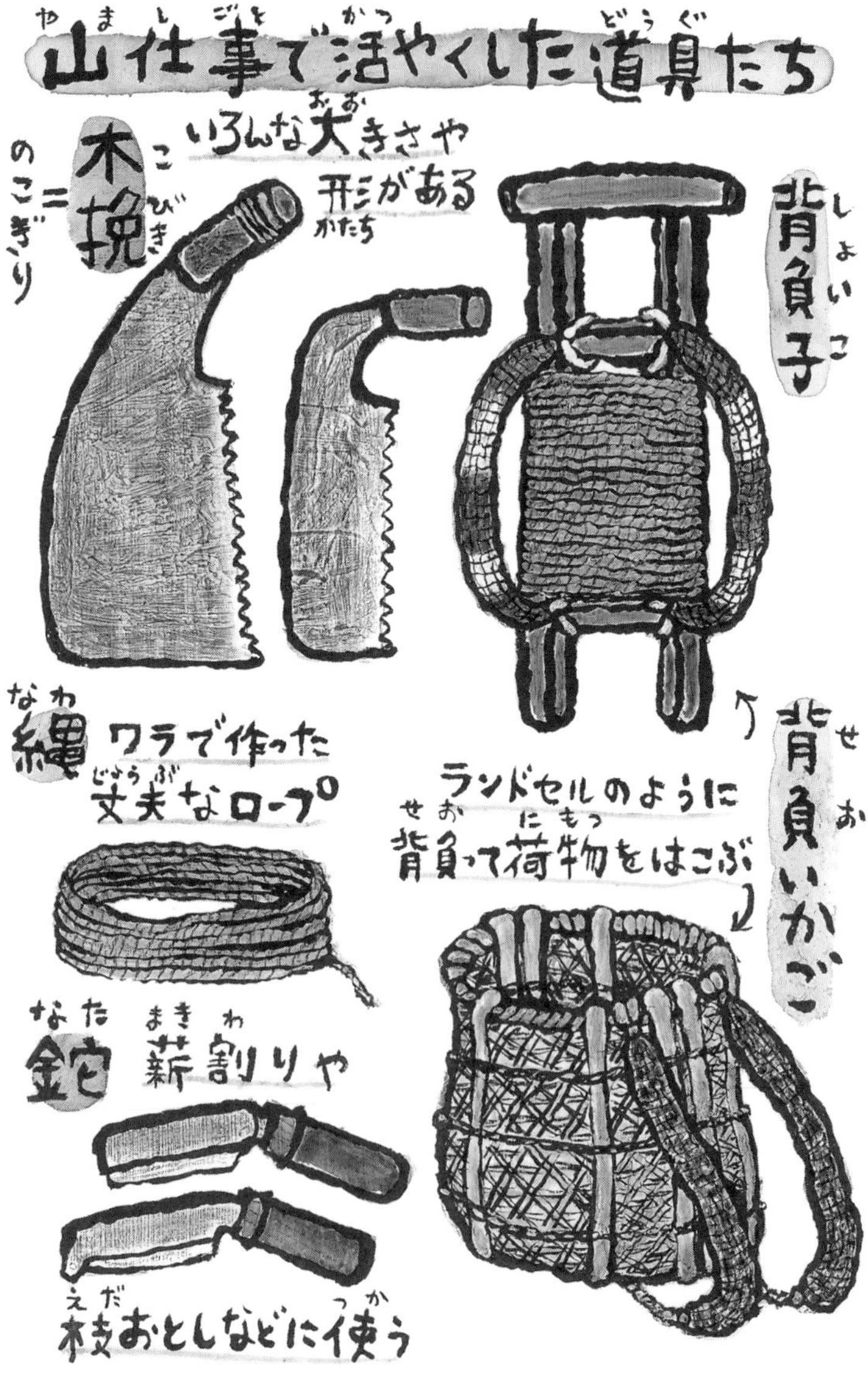

山《やま》仕《し》事《ごと》で活《かつ》やくした道《どう》具《ぐ》たち
木挽《こびき》＝のこぎり
いろんな大《おお》きさや形《かたち》がある
背負子《しょいこ》
縄《なわ》 ワラで作った丈夫《じょうぶ》なロープ
ランドセルのように背負《せお》って荷物《にもつ》をはこぶ
背負《せお》いかご
鉈《なた》 薪《まき》割《わ》りや
枝《えだ》おとしなどに使《つか》う

6・手応《てごた》え

庄九郎《しょうくろう》はさっそく、新助《しんすけ》に豊後絞《ぶんごしぼ》りの事を話した。菊一《きくいち》たちの宿舎《しゅくしゃ》に連れていって、実際《じっさい》に見せたりもした。

「えらくきれいなもんですね」

と、目を見張《みは》るけれど、特別な関心はなさそうだ。

「新助、おれたちの最後の切り札はこれだ。絞り染《ぞ》めをやるぞ」

「ええっ？　畑はどうするんです」

「開墾《かいこん》はつづけるけど、ひまなときだけでいい。有松《ありまつ》で百姓《ひゃくしょう》はできん。あんな土に頼《たよ》っていても、どうもならん」

新助にとってはいきなりのことで、庄九郎の話をどこまで信じて良いものかわからない。

「染《そ》め物といっても……女子どもを相手に商《あきな》いをするんですか？」

新助《しんすけ》はあきれたといわんばかりだ。男が一生をかけてやっていく仕事には思えないのだろう。

「女子どもはいいとして、じゃあ、木綿《もめん》はどうするんです？　藍《あい》だってこの辺で手にはいるかどうか……それにだ、なんといってもおれたちには金がねえ。庄九郎《しょうくろう》さんのいうことだけど、おれには雲をつかむような話にしか聞こえねえ」

「金はいい。ここの人足《にんそく》仕事の金だって、なにかの足しにはなる。なあ、新助、良く聞けよ。おれたちの生きる道が見えたって事だぞ」

「まだなにもしてねえのに、どうして染め物が生きる道だっていえるんです？」

「おれにはわかる。なんかこう、神が降《お》りてきたような感じがするんだ。おまえらにいいものを与《あた》えるって、神がいっているのが聞こえるんだ」

「今度は神ですか。わけがわからねえ」

いくら庄九郎が熱っぽくかたっても、新助は乗ってこなかった。だからといって、庄九郎の信念がゆらぐことはなかった。いつか新助《しんすけ》もきっと分かってくれるはずだった。

新助の疑《うたが》わしいまなざしを浴びても、庄九郎《しょうくろう》に迷《まよ》いが生じることはなかった。

日中は人足《にんそく》仕事をして、夜になると菊一《きくいち》と話《はな》し込《こ》んだ。

「絞《しぼ》りは簡単《かんたん》だよ。染《そ》めたくないところを糸で縫《ぬ》って、ぎゅっと絞る。それだけのことだ」

染め方を菊一にくり返して聞くが、こたえはいつも同じだ。それでも庄九郎は自分がやるつもりで細かく聞いていった。どんな糸で、どれぐらいの間隔《かんかく》で縫うのか。また絞る時には糸をどの程度《ていど》強く巻《ま》くのか。布《ぬの》に巻き付《つ》ける糸の分量も気になった。

庄九郎は何度も聞いているうちに、工程《こうてい》のひとつひとつがはっきりと目に浮《う》かぶようになった。

木綿《もめん》は知多《ちた》、三河《みかわ》の一帯でも、このごろは広く栽培《さいばい》している。手に入れるのは簡単だろうと思われる。ただし、新助がいうように、金があればの話だが。

先《ま》ずは手ぬぐいからはじめるつもりだった。きれいに染めた手ぬぐいを旅人に買ってもらうのだ。東海道《とうかいどう》はなんといっても通行人が多い。安くてどこにもない絞り染めの手ぬぐいなら、きっと売れるはずだった。手ぬぐいはだれにとっても必需品《ひつじゅひん》だ。みやげ物ならかさばらずに、きっと客にも喜ばれることだろう。

菊一《きくいち》が興奮気味《こうふんぎみ》の庄九郎《しょうくろう》にたずねる。

「こんな絞《しぼ》り、めずらしくもねえのに、なんでそこまでむきになるんだ」

「あんたら豊後《ぶんご》の人には当たり前でも、おれたちにはめずらしいんだ」

藍染《あいぞ》めといえば藍色一色のものしか見たことがないのは、なにも庄九郎だけではない。新助《しんすけ》も驚《おどろ》いていたし、有松《ありまつ》からきた人間は全員はじめて見たといっていた。

豊後と尾張《おわり》は遠く離《はな》れているのだから、あちらで当たり前のことも、こちらではめずらしいということにもなる。

問題は藍だった。話題が染料《せんりょう》の藍になると、菊一の口はとたんに重くなった。

「藍のことはよくしらねえ。かかあが紺屋《こうや》（染め物屋）の下働きをしているんだ。はじめのうちは黒っぽい水みてえなもんを少しもらってきて、それで染《そ》めてた。それが藍の染料だと思う」

庄九郎はなんでも想像《そうぞう》するのが得意だが、この藍の染料とやらは、どうにもならない。

「藍《あい》って、なんだ?」

話が原点にもどった。

「タデアイっちゅう草だよ。良く育ったら二尺《しゃく》(約六十センチ)ぐらいになる草だ」

「草がどうして染料《せんりょう》になるんだ」

「だから……よくしらねえんだよ。なんでも葉っぱを干《ほ》したり水をかけたりして作るらしい」

「豊後《ぶんご》の人足衆《にんそくしゅう》が持っていた着物や手ぬぐいも、そうやって染《そ》めたのか?」

「ああ、紺屋《こうや》で買ったものはそうだが、家で作ったものはそうじゃねえ。藍の葉っぱをすりつぶして、それを布《ぬの》にこすりつけるんだ。それでもきれいに染まる。けど、色は薄《うす》い水色だがな」

「家でもできるったあ、ありがてえ」

喜ぶ庄九郎《しょうくろう》の前で、菊一《きくいち》がひらひらと手を振る。

「藍は簡単じゃねえ」

売りものにするなら、家でやる即席《そくせき》の染め方はだめだという。

庄九郎《しょうくろう》の人さがしがはじまった。

この天下普請《てんかぶしん》には西日本一帯から人が集まっている。機会があるごとに「藍染《あいぞ》めに詳《くわ》しい人は知らんかね」とたずねていると、「知っとる知っとる」とこたえるものがいる。どこの誰《だれ》かと問えば、阿波《あわ》の国（徳島県）のものならだれでも知っているという。

阿波の国からもたくさんの人足《にんそく》が城造《しろづく》りにきていた。

阿波の国ではすでに平安時代から藍の栽培《さいばい》をしていて、今では藩主《はんしゅ》の蜂須賀《はちすか》家が藍の生産を保護《ほご》したり奨励《しょうれい》したりしている。

阿波には川沿《ぞ》いに広い平野が少ない上に、稲《いね》の花が咲《さ》く頃《ころ》には決まって洪水《こうずい》が起こって流れてしまう。昔から何度となくくりかえしていることだった。そこで、稲作《いなさく》には向かない土地と見切りをつけて、藍の栽培に切り替《か》えたらしい。

今では大坂《おおさか》、京《きょう》、尾張《おわり》などの他《ほか》に、江戸《えど》にまで大量の藍を出荷《しゅっか》していた。

藍は収穫《しゅうかく》された後天日《てんぴ》でかわかし、何度も水をかけて切り返す。そのあとむしろをかけて百日寝《ね》かして染料《せんりょう》の元を作る。

春先に種をまいてから、刈《か》り入れ、乾燥《かんそう》などいくつもの工程《こうてい》を経《へ》て、染料の元として出荷《しゅっか》できるのは正月前。一年近くかけてやっと商品になる。

庄九郎《しょうくろう》は阿波《あわ》の人たちの話を聞いていて、「素人《しろうと》が扱《あつか》うのは無理だ」と直感した。尾張《おわり》にも紺屋《こうや》はたくさんある。いつか訪《たず》ねていって直接《ちょくせつ》教えてもらうしかないとわかった。

城《しろ》の工事は、現場《げんば》ではいつもせかされていたが、人足《にんそく》の間では取り決めごとがけっこう緩《ゆる》やかだった。長雨の時などはひとりふたりと現場を離《はな》れることもしばしばあって、庄九郎は機会をねらっては役所通いをつづけた。なにをするにも役所の支援《しえん》がなければ成り立たないからだ。

名古屋城《なごやじょう》の工事が着々《ちゃくちゃく》と進んでいるのを横目に、庄九郎は仲間と有松《ありまつ》にもどった。いっときもはやく絞《しぼ》り染《ぞ》めの準備《じゅんび》にとりかかりたかった。

春の盛《さか》りはこれからだった。

阿久比《あぐい》の庄《しょう》からきた仲間たちを説得するのは、そんなに手間がかからなかった。ひとつは、庄九郎が話す内容《ないよう》を整理しておいたこと。もうひとつは、ここの土に頼《たよ》る暮《く》らしに明かりが見えないとみんなが実感していたからだった。

しのに直接《ちょくせつ》話せないのはなんとも残念だが、手紙にしたためて近況《きんきょう》は報告《ほうこく》しておいた。

豊後《ぶんご》絞《しぼ》りに感動してからというもの、庄《しょう》九郎《くろう》は丹念《たんねん》に計画を練っていた。木綿《もめん》の手配や藍《あい》については役人と相談しながら進めていくとして、有松《ありまつ》の中での役割分担《やくわりぶんたん》が必要だった。

土に期待できないとしても、自分たちが食べるものくらいはいつか生産したかったし、開墾《かいこん》もつづけていかなければならない。

だからといって、絞りの仕事は、手の空《あ》いたものがその都度《つど》関《かか》わるような片手間《かたてま》仕事にはしたくない。

絞りで商《あきな》いをしようと決めたときから、庄九郎の中で弥七《やしち》が大きな存在《そんざい》になっていった。

思った通り、弥七は菊一《きくいち》からもらった手ぬぐいを見るなり、言葉をなくして見入っていた。

仲間で絞りをやっていくと話が決まった夜、庄九郎は弥七を外につれだした。

「おまえ、あの手ぬぐい、どう思う」

「飾《かざ》っておきてえくらいきれいで、びっくりした。あんな手ぬぐいで汗《あせ》がふける身分になりてえし、おれたちが作るって聞いて、わくわくしてます。

模様《もよう》はどうするんです？　いろいろ考えるんですよね。糸で縫《ぬ》い取って絞《しぼ》るだけなら、いくらでも作れます。花もいいし、竹とか松なんかの木もいい。細長く絞って波を作ったらおもしろいかもしれねえ。人間だって、できますよ……」

弥七《やしち》の声が弾《はず》んでいた。

「おまえ、やってみるか？」

「はい。やらしてください。なんでもします。みんなのじゃまにならないように、ちゃんとします。荷はこびでも、水くみでもなんでもしますから、手ぬぐい作りの仲間にして下さい。おまけでいいです」

「おまけじゃねえ。おまえが頭《かしら》になってやるんだ」

弥七がキョトンとして、目の動きをとめた。

「いま、なんていいました？」

「染《そ》めの仕事は、おまえが頭《かしら》だ。いいか、弥七《やしち》、よく聞けよ。しばらくの間は手ぬぐいしか作れねえが、いずれはもっとでかいものも作るつもりだ。ふろしき、着物、布団《ふとん》地《じ》なんかもな」

弥七はまたぽかーんと呆《ほう》けたようになっていたが、

「すげえ、すげーや」

と、叫《さけ》ぶなりこおどりして喜びだした。

弥七の嬉《うれ》しそうな姿《すがた》は、庄九郎《しょうくろう》を幸せにした。やっと仲間の笑顔《えがお》がみられたと、嬉しくてならなかった。普段《ふだん》なら、はじめる前にこんなに期待させてよいものか迷《まよ》うところだが、庄九郎の確信《かくしん》はいっさい揺《ゆ》るがなかった。

はじめて豊後絞《ぶんごしぼ》りを見たときの感動と決意は、日ごとに強くなっていくばかりだった。必ず上手《うま》くいく。上手くいくまで頑張《がんば》ればいいだけのことだと自分に言い聞かせた。希望のある努力ならいくらでもできると、有松《ありまつ》で過《す》ごした辛《つら》くて長い時間が教えてくれた。

細い雨が降《ふ》りつづく日の朝、みのをつけて菅《すげ》の笠《かさ》をかぶった弥七が庄九郎に頭を下げた。

「いってきます」

「おう、しっかりたのんだぞ。染《そ》めはおまえの肩《かた》にかかっている」

「はい。大丈夫《だいじょうぶ》です。わかるまでは帰ってきません」

弥七《やしち》はしばらくの間紺屋《こうや》に住みこんで下働きをする。金のために働くのではないことは、弥七自身が一番よくわかっている。

弥七が藍《あい》を自由に扱《あつか》えるようになってここに戻《もど》ったら、いつでも仕事がはじめられるように、木綿《もめん》の手配もすませてあった。布《ぬの》に描《えが》いた模様《もよう》は糸で縫《ぬ》ってからくくるので、針仕事《はりしごと》が多くなる。その辺《あた》りのことはすべてタキノに任《まか》せてあった。彼女《かのじょ》がいうまま、糸と針も買いそろえてあった。

いよいよ木綿の反物《たんもの》を受け取りに行く日が近くなった。水はぬるんで、木々の新緑が鮮《あざ》やかに映《うつ》り、土手ではスミレやタンポポが花をつけている。

木綿は役人の口添《くちぞ》えもあって、三河《みかわ》地方でゆずってもらうことになった。三河は綿《わた》の生産で有名な地だ。綿は集めて大坂《おおさか》の商人に買われていく事もあるが、三河一帯では綿から糸を紡《つむ》いで布に織《お》り上げてもいる。織られた布は、海路を使って伊勢《いせ》に運ばれた。

布《ぬの》は伊勢《いせ》で漂白《ひょうはく》されて、江戸《えど》の商人に渡《わた》されていく。

三河《みかわ》の木綿《もめん》は生木綿《きもめん》といって、綿《わた》の自然な色を残している。真っ白ではないので上等品にならず、そのままで販売《はんばい》するのはむずかしい。そこに目をつけたのが庄九郎《しょうくろう》だった。安く手にはいるのがなによりありがたかった。

長雨がつづいていたが、やっと晴れ上がった日の朝、庄九郎は念入《ねんい》りに空をながめた。これからしばらくは、晴れの日がつづきそうだった。

「新助《しんすけ》、荷車の用意をたのむ」

「え？　約束の日は明日じゃ？」

「いいんだ。これから出かける。野宿《のじゅく》になるから、みのでも持っていくか」

「野宿ですか？」

新助が不思議がるのは当然で、目的地は少し遠いが日帰りできる距離《きょり》だった。

新助にはなんのことかわからず、しきりに首を傾《かし》げるが聞き返さずに、「わかりました」と荷車の方へいった。

新助は、絞《しぼ》り染《ぞ》めで有松《ありまつ》を生き返らすと庄九郎がいったときから、納得《なっとく》がいかないのだが問いただささない。今でも、紺屋《こうや》じゃあるまいし、染《そ》めで食っていけるとはとうてい考えられなかった。しかし、庄九郎《しょうくろう》への信頼《しんらい》は絶対的《ぜったいてき》なものだ。ここはだまってついていこうと決めたのだった。庄九郎についていきさえすれば、必ず陽《ひ》が当たる場所にいき着ける。もうその旅は始まっているのだと。

空《から》の荷車をひいて半時《はんとき》（一時間）ほど歩いたところで、庄九郎が打ち明けた。

「なあ、新助《しんすけ》、丘《おか》の一本桜《いっぽんざくら》を見たくないか?」

「一本桜って、もしかして……村はずれのあの丘にあった……」

「そうだ。おれは見たくてならねえ」

新助の目に生彩《せいさい》がもどった。遥《はる》か遠くに目をやりながら、

「おれは夢《ゆめ》の中で何回も見ましたよ」

「そうか……」

庄九郎は笑顔《えがお》の新助を見て、ほっと胸《むね》をなでおろした。新助の不安に気づかない庄九郎ではない。心の中で（待っててくれ。きっとおまえにもわかってもらえるようにするから）と呼《よ》びかけるしかなかった。

「三河《みかわ》にいくのは、桜《さくら》のあとですね」

新助《しんすけ》の明るい声が、庄九郎《しょうくろう》には何より心地《ここち》よかった。

有松《ありまつ》と阿久比《あぐい》の庄《しょう》はほぼ南北の線上にあるが、三河は有松と阿久比の真ん中あたりから東にそれたところにあった。

荷車を引き出した新助が、突然《とつぜん》とんきょうな声を上げた。

「あっ、そういうことだったのか。おれはなんて鈍感《どんかん》なんだろ。桜の近くには恋女房《こいにょうぼう》がいたんだ。そういうことですよね、庄九郎さん」

「いや。そうじゃねえ。しのには会わんつもりだ」

「そんな、会ってきて下さいよ。おれは待ってますから」

「いや、会わん。染《そ》めがうまくいって、暮《く》らしのめどが立つまでは……会いにはいけねえ」

「へいへい。どうぞお好《す》きに。庄九郎さんはいい出したらきかないんだから」

一本桜は、花をつけてふたりを待っていた。花はまだ四分咲《しぶざ》き程度《ていど》だったが、暮《く》れていく夕空の下でひっそりと、華《はな》やかだった。

見上げるふたりのほおを、夕陽《ゆうひ》の名残《なごり》が暖《あたた》かく照らしている。茶褐色《ちゃかっしょく》に日焼けした肌《はだ》はあのときと同じだが、今のふたりには、あのときになかった希望の手応《てごた》えがあった。

新助《しんすけ》が木の根元にござをしいた。

「あと三日も待てば、満開になったでしょうに」

少し残念《ざんねん》そうな新助の肩《かた》に、庄九郎《しょうくろう》が手を置いた。

「満開の前もいいもんだ。まるで、おれたちみてえじゃねえか」

「ちげえねえや」

いいながら、新助は満開の自分たちの姿《すがた》を想像《そうぞう》した。笑い声に包まれた小屋の前で、大きな桶《おけ》に布《ぬの》を浸《ひた》している自分が見えた。よく見ると、手は藍《あい》に染《そ》まって真《ま》っ青《さお》になっている。額《ひたい》に浮《う》いた汗《あせ》がきらきら光っていた。

「庄九郎さん、見えましたよ」

突然《とつぜん》のことで、庄九郎には新助のいいたいことがわからない。

「なにが?」

「有松《ありまつ》の絞《しぼ》りは、きっとうまくいきますよ」

庄九郎《しょうくろう》には新助《しんすけ》に何が見えたのか、なぜうまくいくと思ったのかちっともわからない。

「ありがてえ。うまくいくか?」

ふたりは手を取り合って桜《さくら》を見上げた。庄九郎は新助と同じところに立てていることを桜に感謝《かんしゃ》したかった。

その夜、新助が完全に寝入《ねい》ったのを確《たし》かめたあと、庄九郎は花の小枝《こえだ》をひとつ折り、そうっと丘《おか》をおりた。

寝静《ねしず》まったしのの家の前に立って、庄九郎は目を閉《と》じた。

「しの、達者《たっしゃ》か?　おまえを見たら連れて帰りたくなる。染《そ》めもまだうまくいくかどうかわからねえ。来年の春まで待ってくれ。いい話と一緒《いっしょ》に、おまえと子どもを迎《むか》えにくるからな」

庄九郎は桜の小枝を、水くみ用の桶《おけ》の中にしのばせると、その場を立ち去った。離《はな》れ際《ぎわ》に兄夫婦《ふうふ》の顔が浮《う》かんだが、ふりむくことはなかった

7・藍《あい》に染《そ》まる

紺屋《こうや》に住みこんで藍染《あいぞ》めを習いに行った弥七《やしち》は、なかなか戻《もど》ってこなかった。

口の悪い仲間が、本気半分でうわさをする。

「あいつ、いつまでたっても染めがわからなくて、逃《に》げ出したんじゃねえか」

「案外、今頃《いまごろ》は阿久比《あぐい》にけえっていたりしてな」

「あいつの家じゃ、まちがっても、けえってきた弥七をたたきだすようなこたあねえ」

「まだ甘《あま》ったれのガキだしな。大口たたいた手前、『できません。すんません』じゃ、ここにゃあもどれねえ」

「やっぱり、逃げてしまったか」

庄九郎《しょうくろう》はどんなうわさ話も、聞き流した。人々を注意することもしないかわり、話に耳をかたむけるようなこともなかった。

(弥七《やしち》、あせるなよ。じっくり染《そ》めを身につけてきてくれ)

一度人を信じたら、とことん信じ切るのが庄九郎《しょうくろう》だった。弥七への信頼《しんらい》を疑《うたが》ったことなど一度もない。反対に、弥七の信頼に応《こた》えたいと常《つね》に思っていた。

ひと月が過《す》ぎ、ふた月が過ぎても弥七は帰ってこなかった。

さすがの庄九郎も弥七の身になにかあったのではないかと気になり、一度紺屋《こうや》を訪《たず》ねてみようとしているところに、

「おそうなりました」

と、弥七が帰ってきた。

庄九郎は笑顔《えがお》で迎《むか》えて、ゆっくりといった。

「ごくろうさんだったなあ。それで、藍《あい》はどうだった」

「簡単じゃありません。というか、かなり気むずかしいです」

「藍が気むずかしいって、まるで人間みたいだなあ」

「そうなんです。人間以上に気をつかいます。大事にしないと、へそをまげて、いい色

をだしません」

「そうか」

庄九郎《しょうくろう》の中を、不安の風がすーっと渡《わた》っていく。うまくいくと思いこんでいた確信《かくしん》の柱が、わずかに揺《ゆ》れたのを感じた。

話には聞いていたが、藍《あい》がそこまで大変な染料《せんりょう》だとは思わなかった。

「けんど、弥七《やしち》にはもう扱《あつか》えるっちゅうことだな？　こうしてけえってきたんだから」

「まあなんとか……うまくいくといいけど……」

弥七のこたえはなんとも歯切れがわるかった。庄九郎の中で、おさまりかけた不安の風が再《ふたた》びからだの中をさわがせる。

（心配していても、なにもはじまらん。やってみることだわ）

庄九郎はさっそく用意しておいた大きな桶《おけ》をだしてきた。

「いつからでもできるぞ。助《すけ》っ人《と》が必要ならいってくれ」

「そんな……これから藍を建てますから、うまくいっても、染《そ》められるのは十日あとになります」

「藍《あい》を建てる？　染《そ》めるのを十日もまたなきゃならねえっ？」

庄九郎《しょうくろう》には訳《わけ》の分からないことずくめだった。

弥七《やしち》が風呂敷《ふろしき》の中から大事そうにとりだしたのは、うす茶色の乾《かわ》いたごみのかたまりのようなものだった。

「これが藍染めの元です。藍玉《あいだま》といいます。紺屋《こうや》が阿波《あわ》から仕入れたもので、これがなければ藍染めはできません」

弥七がつぎに取り出したのは灰《はい》だった。椚《くぬぎ》を燃《も》やしたものらしい。

「藍玉を染められるようにするのには手助けが必要なんです。この灰と酒と、あと、ふすまも使います。ふすまは藍玉に与《あた》える栄養です」

弥七は庄九郎がもってきた桶《おけ》に灰をいれて、そこにたっぷりの湯を注いだ。よくかきまぜて、二日放っておき、灰が底に沈《しず》んだあとの上澄《うわず》みを使う。

三日目の朝、弥七は仲間全員に見守られながら、

「これから藍を建てます」

といって、大きなかめに藍玉《あいだま》をいれた。そこへ灰《はい》の上澄《うわず》み（これを灰汁《あく》という）をいれて静かになんどもかき混《ま》ぜた。

そしてそのまた翌日《よくじつ》、弥七《やしち》はふすまを鍋《なべ》に入れてぐつぐつ煮《に》た。完全に冷《さ》めるのをまって、ふすまを煮汁《にじる》ごとかめに注ぎ、最後に酒を流し込《こ》んだ。

「これで準備《じゅんび》は整いました。これから十日ぐらい、毎日まぜて藍の世話をします。藍がうまく発酵《はっこう》してくれるかどうかは、結果を見ないとわかりません」

引き締《し》まった表情《ひょうじょう》で説明する弥七に、もう幼《おさな》さはなかった。

新助《しんすけ》がかめをのぞき込《こ》んで、

「これが藍ってか？」

と、驚《おどろ》く。かめの水はただの泥水《どろみず》にしか見えなかったからだ。

うしろのほうで、タキノが質問《しつもん》をした。

「どうなったら、染《そ》められるのかね？」

「うまく藍が建ったら、いいぞという印《しるし》がでます」

「どんな印かね？」

「それはお楽しみにします」

かめにふたがされて仲間が散っていく。だれもが理解《りかい》できない出来事に首を傾《かし》げて、狐《きつね》につままれたような表情《ひょうじょう》をしていた。

明けてもくれても弥七《やしち》はかめをのぞいて、祈《いの》るような気持ちで世話をしつづけた。発酵《はっこう》するためにはある程度《ていど》の温度が必要で、雨が降《ふ》った寒い日には、ぼろ布《ぬの》をかめに巻《ま》いて暖《あたた》めたりもした。

庄九郎《しょうくろう》が、

「そこまでするのか?」

と聞くと、

「温度は土の中の方が安定しているので、いずれ、かめは土を掘《ほ》って埋《う》めるつもりです」

とこたえる。

そして、十二日目の朝、仲間たちは弥七に呼《よ》ばれて全員がかめのまわりに集まった。

「おかげさんで、うまくいきました」

弥七《やしち》がかめのふたを開けるなり、

「くっせーっ」

と、みんなが自分の鼻をつまんだ。ものが腐《くさ》ったような強烈《きょうれつ》なにおいが辺《あた》りに満ちている。

弥七はふっと笑っただけでそれにはこたえず、表面にこんもりとかたまった藍色《あいいろ》のあぶくを指さした。

「これが印《しるし》で、藍の花と呼《よ》ばれています」

あぶくはきれいな藍色をしていた。しかし、染《そ》めることになる液《えき》の表面は紺色《こんいろ》だが、混《ま》ぜるとたちまち茶色っぽくにごっていった。これがどうして藍染めの液なのか、弥七以外の人間にはわからない。でも、もう質問《しつもん》を口にするものもいなかった。みんなは息を詰《つ》めて、弥七の手を見つめていた。

弥七がタキノから模様《もよう》を縫《ぬ》い取って糸でしばった布《ぬの》を受け取った。

「一度ぬるま湯に浸《ひた》してよくぬらします。そうしないと染めにむらがでるからです」

どぼどぼにぬれた布が、かめの液につかった。みるみる布が染まっていく。泥《どろ》のような色だった布《ぬの》が少しずつ緑色に変わっていった。

弥七《やしち》はていねいに布を広げたりひっくり返したりしたあと、水の入った桶《おけ》にその布を移《うつ》した。

「ありゃー　な、なんで……」

みんなの驚《おどろ》く声を聞く弥七の口元に、うっすらと笑《え》みがこぼれた。

緑色だった布は、桶の水にあらわれるごとに青みを増《ま》していき、ついにはみごとな藍《あい》色《いろ》にかわっていった。

天日《てんぴ》に干《ほ》して布が乾《かわ》ききると、みんなはまた弥七の元に集められた。

「模様《もよう》を見ましょう」

絞《しぼ》った糸にはさみを入れて切り、弥七がゆっくりと糸をほどいていく。いくつかの絞《しぼ》りの糸がすべて取り除《のぞ》かれた後、布は板の上で広げられた。

「ヒェーイ、すげえ。すげえなあ」

「こんなきれいなもの、みたことねえ」

「気に入ったぜ。きっぱりしていて、すかっとすらあ」

「白と紺《こん》が、互《たが》いに引き立てあっていて、どっちの色も格別《かくべつ》だわ」

むらなく染《そ》まった藍色《あいいろ》の地に、白い小花が咲《さ》きこぼれていた。藍はどこまでも澄《す》んでいて、じっと見入っていると、深い海の底に沈《しず》んでいくような錯覚《さっかく》を覚える。

タキノが大きくためいきをついた。

「わたしらが、こんなに高貴《こうき》なもんを作ってもいいんかねえ」

すかさず、庄九郎《しょうくろう》が前におどりでた。

「おれたちにこそふさわしいってもんだ。食うや食わずでも、ずっと夢《ゆめ》をおっかけてきたじゃねえか。おれたちはどこのだれよりも、高貴だぜ」

新助《しんすけ》が庄九郎のせりふをひきついだ。

「そりゃあいい。ドン百姓《びゃくしょう》のおれたちが高貴だってよ。あしたからそっくり返って生きようぜ」

あとは笑い声とヤジで騒々《そうぞう》しい限《かぎ》りだった。額《ひたい》の汗《あせ》をぬぐう弥七《やしち》の手もまた藍色に染まっている。

タキノが弥七によりそった。

「ようやった。ようやった。おまえはもう一人前以上だわ」

きれいに染《そ》め上がった布《ぬの》を前にして、みんなは、今までの苦労に別れを告げて、すぐにでも、米の飯《めし》が腹《はら》一杯食える豊《ゆた》かな暮《く》らしがはじまると信じて疑《うたが》わなかった。

庄九郎《しょうくろう》は自分の信念が貫《つらぬ》かれたと、密《ひそ》かに胸《むね》を張《は》り、しのを迎《むか》えにいく日を想像《そうぞう》した。

ところが、ことはそうそううまく運ばなかった。

当初考えていた模様《もよう》は、白く抜《ぬ》く部分のまわりに少しだけ藍《あい》を残すというものだったが、実際《じっさい》に染めてみると、布全体を液《えき》につけなければ、方々にむらができてうまく染まらない。濃《こ》い藍色の中に、小さな白い模様がある布は、飾《かざ》って見る分にはいいが、手ぬぐいとしてはちょっと不向きだった。それよりなにより、藍の染料《せんりょう》が減《へ》りすぎる。藍は高価《こうか》だった。少ない染料でできるだけたくさんの手ぬぐいを染めなければならない。たちまち模様の工夫《くふう》がせまられた。

問題は染料の藍にもおこった。

弥七《やしち》は、今度はかめを土中にうめて温度を安定させ、最初と同じ手順で藍を建てていったが、十日たっても二十日たっても藍《あい》に花が咲《さ》かないのだ。あぶくがでるのは発酵《はっこう》がうまくいった証拠《しょうこ》だと紺屋《こうや》で教わった。そのあぶくが生まれない。

「失敗です」

うなだれる弥七《やしち》に、タキノが布《ぬの》を渡《わた》した。

「染《そ》めてみよう。濃《こ》い藍色でなくても、青くなればいいんだから」

同じ考えの者が多かった。

みんなに背中《せなか》を押《お》されて、弥七はおそるおそる失敗した液《えき》に布をひたしてみた。

以前のように緑色にならず、茶色っぽかったけれど、水で洗《あら》ったらどうなるかと、わずかな期待を抱《いだ》いた。けれど、どんなに水ですすいでも、布は青くならなかった。茶色と青が混《ま》ざったような色で、しかも濁《にご》っているから見た目にも失敗だとよくわかる。

「こういうことだったんか……」

タキノががっくりと肩《かた》をおとした。

藍は想像《そうぞう》以上にやっかいな生き物だった。温度が低くてもだめだし、かめの中に不必要な菌《きん》が混《ま》ざってもだめだった。

やっとのことで藍《あい》の花が咲いたとしても、その後の世話がうまくいかないと、花はすぐにでも消えてしまう。

藍の係にタキノが加わった。ふたりは紺屋《こうや》へ足繁《あししげ》く通っては少しずつ問題を解決《かいけつ》していった。

庄九郎《しょうくろう》はもどかしくてならなかった。手を伸《の》ばせば届《とど》きそうなところにきているのに、あと一歩のところで足踏《あしぶ》みをつづけなければならない。

弥七《やしち》が紺屋からもどるまでは、明るいきざしに胸《むね》をおどらせていたのに、ここにきて不安定になっている自分をどうすることもできなかった。

真夏の太陽《たいよう》が照りつける下で、庄九郎たちは絞《しぼ》りの模様《もよう》を試《ため》している。染料《せんりょう》はなんでもつかった。小豆《あずき》の煮汁《にじる》、木の皮や草の煮汁などはすぐに準備《じゅんび》ができて便利だった。色はほんのりとつくていどだが、絞りの出来具合が確認《かくにん》できればよかった。

絞りの形はなかなか決まらなかった。模様が多いものも、少ないものも、みんなで思いつくままにいろいろ試したが、未《いま》だにこれといった決め手になる模様はなかった。

庄九郎がふーっとためいきをつきながら、今までにできた手ぬぐいをながめた。

「模様《もよう》が少なければ、藍色《あいいろ》が多くなりすぎて手ぬぐいらしくねえ。模様がふえれば白地が生きるが、今度は手間がかかりすぎる。糸代もばかにならねえしなあ。いったいどうしたらいいんだ。おれたちが作るのは、手ぬぐいだからな。汗《あせ》をふく手ぬぐいに法外《ほうがい》な高値《たかね》はつけられねえ」

旅の客に気軽に買ってもらうには、値段《ねだん》を安くすることが何より大事だった。それに、沢山《たくさん》売れることを想定するなら、手間をかけずにはやく量産できるのも大切な条件《じょうけん》になる。

「考えていてもしょうがねえ」

庄九郎《しょうくろう》はやけくそになって、布《ぬの》のあちこちを適当《てきとう》につまみあげ、大ざっぱに糸を巻《ま》き付けてみた。藍色を少なくするために、できるだけつまんで糸でくくっていく。

その辺の雑草《ざっそう》を煮込《にこ》んだ染《そ》め汁《じる》にどぼんとつけて、

「これでうまくいったら、腹《はら》が立つっちゅうもんだ」

と、冗談《じょうだん》交じりに天日《てんぴ》に干《ほ》した。

翌日《よくじつ》、糸を切って広げた庄九郎の顔が引き締《し》まった。

「おーい。ちょっときてくれー」

集まった人々の前で、庄九郎《しょうくろう》が染《そ》め上がった布《ぬの》を掲《かか》げてみせた。

「おうーっ。こりゃあいい」

「模様《もよう》が全体に散らばっているのがいいや」

「さすが、庄九郎さんだ。たいしたもんだわ」

口々にほめられて、庄九郎はやけくそでやったといえなくなった。

模様はつまんだところを中心にして放射状《ほうしゃじょう》に地色の線が広がっている。模様の他《ほか》に地の色が残っているのは、真ん中の絞《しぼ》らなかったところと、隣《となり》の模様との隙間《すきま》だけだ。

白地が多くてしかも、模様もしっかりと生きていた。

手ぬぐいらしさだけではなくて、手間ひまかけた高級感もあった。

「しばらくは、これでいってみるか」

と問いかける庄九郎に、全員がうなずく。

涼風《すずかぜ》がたつころ、やっと絞《しぼ》りの形が決まった。庄九郎が作ったこの模様は、何となく形作られた丸い形の中で、放射状の線が広がっていて、絞った数だけ線状の模様が散らばっていた。

「まるでクモの巣みてえだなぁ」

と、だれかがいったあとから、自然と蜘蛛《くも》絞《しぼ》りと呼《よ》ばれるようになった。

「あとは藍《あい》で染《そ》めるだけだ」

汗《あせ》まみれの庄《しょう》九郎《くろう》が、みんなに告げた。

もう庄九郎はいつもの庄九郎に戻《もど》っていた。手を伸《の》ばせば届《とど》くところにある幸せを信じて、焦《あせ》らず、今まで以上に毎日の仕事をていねいにこなしていった。

模様《もよう》が決まって絞りのすんだ手ぬぐいが小屋の中に積み上げられた頃《ころ》、弥七《やしち》とタキノの努力が実って藍建ても完成した。

手ぬぐいを持った庄九郎が、かめの前に立った。

「おれにやらせてくれ」

だれにも異論《いろん》はない。

仲間たちに見つめられながら、庄九郎は白い手ぬぐいを捧《ささ》げるように持ち上げると、かめに向かって深々《ふかぶか》と頭を下げた。静まりかえった空気に、厳《おごそ》かな緊張感《きんちょうかん》が走った。

息をするのもためらわれる雰囲気《ふんいき》の中で、庄九郎《しょうくろう》がそうっと布《ぬの》を浸《ひた》す。液《えき》の揺《ゆ》らぐ音がかめから立ち上ってきた。

庄九郎の手が動くたびに布はかめの中を泳ぎ、しゃらしゃらと音を奏《かな》でながら染《そ》まっていった。

「おおーっ。染まる染まる」

緑色に染まった手ぬぐいは、水をはった桶《おけ》に移《うつ》されたとたん、鮮《あざ》やかな青へと変わっていく。

「きれいやなあ……」

何度見ても胸《むね》がおどる不思議な光景だった。

庄九郎はすっかり青くなった手ぬぐいを竹竿《たけざお》にひっかけると、新しい手ぬぐいを取り上げて藍《あい》のかめにひたした。

「くり返して染めたらどうなるか、やってみる」

二度染めたものは一度より濃《こ》い青になり、三度のものは更《さら》に二度よりも色が濃くなった。そうして四回五回とくりかえしていくうちに色はもう青とは呼《よ》べない深い色になっていった。

十二回目を染《そ》めた頃《ころ》には、黒くなってしまったかと思うほどに色が濃《こ》くなった。しかし、黒に近いが決して黒くはなかった。染める回数をふやすごとに、ひたすらに深くなっていく藍色《あいいろ》は、透明感《とうめいかん》を伴《ともな》って神秘的《しんぴてき》でさえあった。澄《す》んで清らかなのに冷たさがない。なにもかもを包《つつ》み込《こ》むような暖《あたた》かさが感じられた。

「ここまででいいだろう」

庄九郎《しょうくろう》が青く染まった両手で、十二枚《まい》の手ぬぐいを板の上に並《なら》べた。

「おれたちの藍だ。きれえじゃねえか」

弥七《やしち》がおおきくうなずいて、そっと目頭《めがしら》をぬぐうと、手を叩《たた》いた。たちまちおこった全員の拍手《はくしゅ》と歓声《かんせい》は、有松《ありまつ》の空に響《ひび》き渡《わた》っていった。

蜘蛛絞《くもしぼ》りは単純《たんじゅん》な作業なのに、できあがった手ぬぐいは実に美しかった。布《ぬの》一面に走った藍色の線は、きっぱりとすがすがしくて清潔感《せいけつかん》にあふれている。

絞りの仕事は簡単《かんたん》だが、模様《もよう》の数だけ糸でくくるわけだから、手間も時間もそれなりに必要だった。染めも、一度では澄んだ藍色にならず、何度も繰《く》り返して染めなければならない。手間暇《てまひま》かけたからこその美しさでもあった。

庄九郎《しょうくろう》は今度こそ、幸せをしっかりと引き寄《よ》せたと感じた。手ぬぐいは必ず売れる。売れないはずがないと思った。

悩《なや》みは値段《ねだん》だった。染料《せんりょう》は高く、木綿《もめん》の値段もばかにならない。おまけに労力《ろうりょく》と時間がたっぷりとかかるものだから、そうそう安い価格《かかく》にはできなかった。もうけを最《さい》小限《しょうげん》にとどめても、だれでもが気軽に買える値段にならない。それでも、一目見たら欲《ほ》しくなる手ぬぐいに仕上がっていた。

みわたせば、どの顔も完成したという安心感と、将来《しょうらい》への期待ではち切れそうに輝《かがや》いている。

「明日から旅の客に売ろう」

新助《しんすけ》の言葉にみんながうなずく。

庄九郎は「ちょっとまってくれ」と前置きをして、

「売り物にする前に、持っていきたいところがある。世話になった代官所《だいかんしょ》へ一枚《まい》。わらを譲《ゆず》ってくれた鳴海《なるみ》のじいさまに一枚もっていきてえ。どうかね」

と、聞いた。

「そうだな。そうしてくれ」

反対の意見はなかった。

役人にはさんざん嫌《いや》みをいわれたけれど、きょうまでなんとか食いつないでこられたのも、役所のおかげだった。紺屋《こうや》の世話をしてくれたのも、木綿《もめん》の買い入れに力を貸《か》してくれたのも役所だった。

鳴海《なるみ》の老人からわらをただでもらったり、特別安く譲《ゆず》ってもらった恩《おん》は、だれもが忘《わす》れていなかった。

いよいよ絞《しぼ》りの手ぬぐいを売る日がきた。

かなり高い値段《ねだん》になってしまったことを気にかけながら、小屋の軒下《のきした》に竿《さお》を渡《わた》して、染《そ》め上がった手ぬぐいを数枚《まい》下げてみた。

はじめての客は女性《じょせい》だった。商家《しょうか》のおかみさんで、下男《げなん》を三人下女《げじょ》をふたり連れた、裕福《ゆうふく》な一行だった。

「まあ、きれいな手ぬぐいだこと」

女性《じょせい》は京《きょう》から江戸《えど》へ帰る途中《とちゅう》で、いい土産《みやげ》ができたと十枚《まい》も買ってくれた。

支払《しはら》いの時、「手ぬぐいとは思えない金額《きんがく》ですねえ。でも、それだけの価値《かち》はありますよ」といわれたことに、庄九郎《しょうくろう》はちょっと複雑《ふくざつ》な思いを抱《いだ》いた。やはり高いのかと、戸惑《とまど》う庄九郎に、女性がにこやかにたずねた。

「これはなんという絞《しぼ》りですか?」

庄九郎は一瞬《いっしゅん》考えたのち、

「有松絞《ありまつしぼ》りといいます」

と、こたえた。

「他の模様《もよう》も見せて」

といわれたが、

「今のところ手持ちはこれだけで……」

としかこたえられない。

店先に飾《かざ》る方も見る方も、一種類というのはなんともさびしい。みんなでまた新しい模様作りにかかった。

そのうちに蜘蛛絞《くもしぼ》りだけではなく、次第《しだい》に様々な模様《もよう》が工夫《くふう》されていった。高価《こうか》な手ぬぐいは、庄九郎《しょうくろう》たちの心配をよそに、よく売れた。作っても作っても追いつかないほどに売れていった。

暑い夏をやりすごして野山が色づきはじめたころ、しのから文が届いて、元気な男の子が生まれたとある。

庄九郎《しょうくろう》の中を、喜びがつきぬけていった。

寒くなる前に建てた藍《あい》は、弥七《やしち》とタキノが大事に世話をしたおかげで、冬場にも十分に使うことができそうだった。

8・明かりのむこう

手ぬぐいはみんなが想像《そうぞう》していた以上に好評《こうひょう》で、実によく売れた。手ぬぐいの他にも、ときおり風呂敷《ふろしき》なども作ってみたが、その日のうちに売れてしまうほどの人気だった。

そのうち、客から有松絞《ありまつしぼ》りの着物を着たいので、反物《たんもの》も扱《あつか》って欲《ほ》しいといわれだした。食うや食わずの日が長くつづいたが、ここにきて、人々は確実《かくじつ》に夢《ゆめ》を引き寄《よ》せているると感じている。

庄九郎《しょうくろう》も希望の手応《てごた》えを実感しながら、しのをむかえにいく日をいつにしようかと、心をおどらせていた。しかし、失敗はいやだった。はやる気持ちをおさえて、藍《あい》の建て具合をみたり、旅の客たちの評判《ひょうばん》に耳をそばだてたりしながら、しんぼうづよくその日を待った。

タキノと弥七《やしち》の藍建《あいだ》ては、もうほとんど失敗することもなくなって、このところ安定している。かめはしっかりした小屋の中で、手厚《てあつ》く面倒《めんどう》を見てもらっていた。かめは四つを一組にして土に埋《う》めて、真ん中に空洞部《くうどう》分を作った。冬場の寒いおりには空洞におがくずをつめて火をつけ、温度を上げて藍を守った。

客はよく観察していると、伊勢参《いせまい》りの人々が上得意だとわかった。伊勢参りはまだ裕《ゆう》福《ふく》な家の人に限《かぎ》られていたが、やがて、この時代でもっとも有名な旅となり、地方から多くの人がでかけてきた。遠方からの旅人は、親戚《しんせき》や近所へのみやげが多く、かさばらない手ぬぐいはうってつけだった。不思議なことに、客の中には、高価《こうか》な上等品であることを喜んでくれる人も少なくなかった。

もうひとつ上得意先があった。参勤交代《さんきんこうたい》である。移動《いどう》する武士《ぶし》の一群《ぐん》は、彼《かれ》らも伊勢参りの人たち同様に、みやげ物が必要な人々だった。

有松絞《ありまつしぼ》りの手ぬぐいは、旅人の手によって日本中に運ばれていくことになる。

寒い冬がおわりかけて、日中には空気がぬるむようになったころ、庄九郎《しょうくろう》はしのの元へすぐにでも飛んでいきたい気持ちを押《お》さえて、暖《あたた》かくなるのを待った。寒さをしのぐ夜具さえも十分にない有松《ありまつ》に、赤子をつれてくるのは危《あや》ういと思ったのだ。

そして、あたりが新緑におおわれた頃《ころ》、庄九郎《しょうくろう》は真夜中に有松を出た。できる限《かぎ》り身なりを整えて、懐《ふところ》には三枚《まい》の手ぬぐいをしのばせている。有松からしのの住む阿久比《あぐい》の庄《しょう》までは約十里《り》（約四〇キロ）。昼頃《ひるごろ》につけば、阿久比で一晩《ばん》過ごさなくてもすむ。できたら、その足でしのと子を伴《ともな》って帰ってきたかった。

家を出たときは、まだ肌《はだ》がぴりぴりする冷たさだったが、日の出と共に寒さは一気にゆるんだ。真っ赤にあがった太陽《たいよう》のぬくもりは驚《おどろ》くほどで、庄九郎は顔を上気させながら先を急いだ。

丘《おか》の一本桜《いっぽんざくら》は、さんさんと降《ふ》り注《そそ》ぐ明るい日差しの中にあった。花の終わった桜は、柔《やわ》らかい若葉《わかば》をまとっていて、瑞々《みずみず》しく輝《かがや》いている。木は今、大業《たいぎょう》のあとの疲《つか》れも見せずにどこまでもういういしい。庄九郎はたわみかけた背筋《せすじ》をのばして、頭上を振《ふ》り仰《あお》いだ。

村長の家の石垣《いしがき》が見えてきた。少しのぼると庭が現《あらわ》れ、物干《ものほ》し竿《ざお》や水くみの桶《おけ》が見えてきた。物も置かれた位置も全く変わっていない。去年の春、三河《みかわ》に木綿《もめん》を仕入れに行く途中《とちゅう》で立ち寄《よ》ったときは真夜中で、庭の様子まではわからなかった。

阿久比《あぐい》を去ったときとまったく同じ光景に、庄九郎《しょうくろう》は戸惑《とまど》った。自分たちが有松《ありまつ》で過《す》ごした時間の、なんと変化に富《と》んでいたことか。

「しのー」と叫《さけ》びたい思いを横に置いて、庄九郎はまず、自分の生家《せいか》に足を向けた。

庄九郎が戸口に手をかけたときだった。

「庄九郎か？　庄九郎だろう？」

ふいにうしろから声をかけられた。ふりむけば、くわを担《かつ》いだ兄嫁《あによめ》のユキがたっている。

「あ、あねさん」

あわてて頭を下げた庄九郎の額《ひたい》に、汗《あせ》がふきだしてきた。

「元気そうだ」

庄九郎は家を出てから、実家をただの一度も訪《おとず》れなかったし便りもだしていない。

「すんません。ごぶさたしちまって」

「ああ」

「あにさんは?」

「あいかわらずだ」

兄嫁《あによめ》のユキのいいかたは、相変わらずぶっきらぼうだけれど、なぜかちっともいやな気がしない。今まで連絡《れんらく》しなかったことのうしろめたさもあった。

ユキがけげんそうに聞いた。

「どうした。用か?」

「へえ」

いいながら、庄九郎《しょうくろう》はユキときちんと向き合った。義姉《あね》も日焼けして黒くなってはいるが、よく見ると目鼻立ちのはっきりしたきれいな人だった。

「気持ちよく送り出してもらったのに、便りのひとつもしねえで……」

「おたがいさまだ」

ユキのいい方に馴《な》れれば、気持ちが逆《さか》なでされるようなこともない。なぜもっと早くに気づかなかったのだろう。もっとも、庄九郎の気持ちがいつもとは違《ちが》う。しのと赤子を迎《むか》えに来た幸せは、他人にも自然と寛容《かんよう》になっていた。

ユキはかついでいたくわを置き、板戸を開けた。

「入れ」

「はい」

ユキは仏頂面《ぶっちょうづら》のまま、

「元気な男の子で良かった。もう会ったか？」

と聞く。

「いや。これからです」

「そうか。あにさんを畑から呼《よ》んでくるか？」

「いいです。帰りがけにでも、畑に寄《よ》ってみるから」

板の間に座《すわ》った庄《しょう》九郎《くろう》は、壁《かべ》や柱についた傷《きず》のひとつひとつを懐《なつ》かしく見つめていた。

家の中も外も、庄九郎がいた頃《ころ》と同じだった。へっついにおかれた鍋《なべ》のすすが多くなったぐらいと、庭ぼうきが新しくなっているぐらいの変化しかない。

母親がいた部屋はきれいにかたづけられていて、そこだけにわずかながら時間の経過《けいか》を感じた。

白湯《さゆ》でも出すつもりなのか、ユキが台所へ行くのを見て、庄九郎《しょうくろう》が呼《よ》び止《と》めた。

ふところから手ぬぐいを出し、ユキの前に置いた。

「新しい村じゃ作物はだめみたいで……そんで、この絞《しぼ》りで食っていくつもりです。あねさんにもらってもらいたくて」

ユキが手ぬぐいを両手でおしいただいた。

「ありがとうよ」

手ぬぐいを見たときのユキの表情《ひょうじょう》が印象的だった。目を見開いて、まるで宝物《たからもの》でも見るような目つきだった。

「そんじゃ、これで」

立ち上がった庄九郎に、ユキが、

「村長の家族には、よく礼をいうんだぞ」

と、姉らしい言葉をかけた。

気がかりだった姉とのやりとりも気持ちよくすますことができ、庄九郎《しょうくろう》は小走りに石垣《いしがき》の上の坂道をのぼっていった。

「庄九郎さん」

家の前に、赤子を抱《だ》いたしのが立っていた。

きれいな着物を着たしのは、見違《みちが》えるほどに美しくたおやかだった。大きな目は涼《すず》やかで、愛らしい。自分の妻《つま》であることが誇《ほこ》らしかった。この妻に、自分の手で染《そ》めた晴れ着を作ってやれる日も遠くないと思うと、庄九郎の全身は穏《おだ》やかな幸せに包まれていった。

数年もすると、庄九郎の予想通りに、有松絞《ありまつしぼ》りは手ぬぐいだけでなく浴衣《ゆかた》や布団側《ふとんがわ》など大きなものも少しずつ作られていくようになった。

評判《ひょうばん》が良くて買い手が多いというのに、生産はそれほど簡単《かんたん》にはいかなかった。みやげ物屋で日銭《ひぜに》は入ってくるが、高い染料《せんりょう》を必要に応《おう》じて自由に買い足していけるほどの財力《ざいりょく》にはなっていない。作業は手間がかかって量産ができないし、藍《あい》建ては気むずかしくて、いつもうまくいくとは限《かぎ》らなかった。

それでも、人々の目は活気にあふれ、明日への希望で胸《むね》はふくらんでいた。庄九郎《しょうくろう》の苦心もあって、騎馬《きば》の手綱《たづな》に使われる錣絞《しころしぼ》りが生産されると、武士《ぶし》を相手の確実《かくじつ》な商《あきな》いが広がり、有松《ありまつ》絞りに拍車《はくしゃ》がかかった。藩主《はんしゅ》などからの注文も入るようになり、経済的《けいざいてき》にも安定しだした。

絞りは、庄九郎たちが過去《かこ》に味わった苦労のすべてを養分にして、確実に大輪の花を咲《さ》かそうとしている。

有松は確実に「食える」場所になった。いつのころからか、だれもが白い飯《めし》を腹《はら》一杯食べて自分の土地を持ち、つぎあてのない着物を着るようになった。

もう飢《う》えることはないだろうと確信《かくしん》を持った庄九郎は、移住者《いじゅうしゃ》の三陣《じん》を阿久比《あぐい》から呼《よ》び寄《よ》せた。

村をあげて有松絞《ありまつしぼ》りに取り組むようになって数年もすると、働き手も有松の住人だけでは間に合わなくなり、広く周辺の人々も関《かか》わるようになった。その人たちの暮《く》らしも、絞りの産業で日々豊《ゆた》かになっている。

人が増《ふ》えて仕事量が増えれば、仕事場も多く必要になってくる。家屋敷《いえやしき》の建築《けんちく》が増えるに従《したが》って、大工《だいく》や左官《さかん》などの職人《しょくにん》が有松《ありまつ》に住みこむようにもなった。

庄九郎《しょうくろう》たちは蜘蛛絞《くもしぼ》りの手ぬぐいを唯一《ゆいいつ》の完成品としないで、染《そ》めの方法や模様《もよう》を手探《てさぐ》りでさがしつづけた。自然の色を残した木綿《もめん》も、晒《さら》しの方法が開発されて、いまでは真っ白い木綿に藍《あい》が映《は》えている。染料《せんりょう》も藍が主流だが、紅花《べにばな》で赤色を使うこともはじめた。紅染めは大名の奥方《おくがた》などからの注文で、布《ぬの》は絹《きぬ》を使い、高価《こうか》な品々が制作《せいさく》されていくようになった。

庄九郎としのの間に生まれた長男は、庄九郎の二代目を名乗り、社交的で有能《ゆうのう》な職人に育っていった。商《あきな》いの場を広げて技術《ぎじゅつ》を高め、有松絞りの基盤《きばん》を作り上げたのは、この二代目庄九郎だった。

竹

竹
竹
竹田庄九郎

9・つながる

カオルたちがインドネシアに旅立つ日が近づいてきた。

ピンポーン
インターフォンがなるたびに、カオルは玄関《げんかん》へすっ飛んでいく。おばあちゃんからの小包を待っているのだ。

おばあちゃんの家を訪《たず》ねたとき、お気に入りの浴衣《ゆかた》はもう布《ぬの》が傷《いた》みすぎて、着物として着るのは無理だといわれた。せっかく今のサイズに合わせて縫《ぬ》い直してくれたのに、おばあちゃんのすすめで、カオルはあきらめた。

浴衣を抱《だ》きしめて、

「大好《だいす》きだったのに……」

と、残念《ざんねん》がるカオルに、

「なにか、別のものに作り直してみましょう。あちらへ出発するまでに、宅配便《たくはいびん》で送りますよ」

と、おばあちゃんが約束してくれた。

おばあちゃんの家から帰って五日目の昼過《す》ぎ、待ちに待った小包が届《とど》いた。段《だん》ボールの箱の中には、もう一つ白い箱があって、その上に「カオルさんへ」と書かれた手紙がある。カオルは箱のふたに手をかけて、しばらく考えた。あの浴衣《ゆかた》がどんなものに生まれ変わったか、見たくてたまらない。でも、おばあちゃんの手紙も早く読みたかった。長い間迷《まよ》ったけれど、手紙を取り上げた。

カオルさんへ
もう出国の準備《じゅんび》は整いましたか?
会えない間、お手紙を書くことにしました。会いたい会いたいと思いながら、じっと待つのも、いいかもしれません。恋人《こいびと》を待つように、いつもあなたのことを思いながら待っていますよ。

有松絞《ありまつしぼ》りの浴衣《ゆかた》、思い切ってワンピースにしました。あなたはスカートがあまり好《す》きじゃないということ、よく知っています。でもね、どうしても作りたかったのです。あなたにきっと似合《にあ》うはず……。

ねえ、カオルさん。

このふるーい有松絞りがはじめて外国へ行くのです。大好きなあなたといっしょにね。今までとちがう形にして送り出したかったのです。

かわいいかわいいカオルさん、外国の空気にふれて、大きくなってきて下さい。めずらしいことにいっぱい出会うでしょう。嫌《きら》いと思っても、はじきださないようにね。

だって、いつかすきになるかもしれませんから……

ワンピース、ほんのちょっとでも気に入ってくれるとうれしいです。

つぎに書くお手紙は、インドネシアのおうちで読んでもらうことになるかしら。

では、気をつけて、いってらっしゃい。

おばあちゃんより

手紙を封筒《ふうとう》にもどして、カオルはふーっとひとつため息をついた。

「どうして、ワンピースなのよ」

おばあちゃんに裏切《うらぎ》られたような気持ちになった。

おばあちゃんはいつだって、カオルのすきなものを用意してくれる。おやつだって、文房具《ぶんぼうぐ》だって、気に入らなかったものはひとつもない。

「なぜなのよ」

スカートが嫌《きら》いなのだから、ワンピースなんかもっと嫌いだ。

箱のふたを開けないで、そのまま放っておこうと思った。でも、中が気になる。どんなワンピースなのか、とても気になって、放ってなんかおけない。

開けてみた。

「なに、これ？」

ワンピースはえりも袖《そで》もなくて、腰《こし》にギャザーがたっぷり入っている。とてもシンプルなデザインだった。腰の高い位置に、藍色《あいいろ》の布《ぬの》がベルトのようについている。そこだけが新品らしく華《はな》やかだった。

カオルが驚《おどろ》いたのは、布《ぬの》全体が刺《さ》し子《こ》になっていることだ。よれよれの布をなんとか長持ちさせようと、おばあちゃんはひと針《はり》ひと針縫《ぬ》っていったのだろうか。

糸は白だけじゃなくて、ピンク、クリーム、ブルーなどの薄《うす》い色ばかりだけれど、ふんだんにつかわれているせいか、色糸が模様《もよう》になっていた。色とりどりの糸はちょっと目立つ。それでも藍色《あいいろ》に縁《ふち》取られた白い花をじゃますることはなかった。色のあせた藍が、薄い色糸のおかげでとてもくっきりと見える。

「おばあちゃん……」

メガネをかけて縫い物をしているおばあちゃんの姿《すがた》が目に浮《う》かぶ。糸が針の穴《あな》にうまく通らなくて、目をシバシバさせながら何度も糸通しをためしているおばあちゃんがよく見えた。

「たいへんだったでしょ?」

ワンピースを着る決心はつかないけれど、おばあちゃんの気持ちはしっかり届《とど》いた。

そうっとほおに当ててみた。やわらかい布にさした新しい糸だけが、肌《はだ》に触《ふ》れる。古い布《ぬの》はひっそりと奥《おく》に沈《しず》んでいるみたいだ。百年ものあいだ表に出ていたけれど、今はちょっとうしろに控《ひか》えて慎《つつ》ましくしている感じ。

においもした。洗剤《せんざい》のにおいかもしれないし、糸のにおいかもしれない。もしかすると、百年前の藍《あい》のにおいもちょっとぐらいは残っているだろうか。

カオルはワンピースを胸《むね》に抱《だ》いたまま、目を閉《と》じた。

「カオル、ちょっと、おねがい」

リビングで母さんが呼《よ》んでいた。

カオルはワンピースをまた白い箱にしまうと、リビングのドアを開けた。

クーラーのきいた部屋で、母さんはトランクに荷物を詰《つ》めている。カオルたちといっしょに旅に出る洋服や下着などが、ギュウギュウに詰まっていた。

「のりと梅干《うめぼ》しを買ってきてほしいの」

「もう、送ったじゃない」

「そうなんだけど、もっと必要かなと思って」

母さんは和食大好き人間だから、日本の食材はできるだけ持っていきたいのだ。

「いいよ」

財布《さいふ》を受け取りながら、カオルは白い箱を母さんに渡《わた》した。

「おばあちゃんから。浴衣《ゆかた》がワンピースになっちゃった」

「そうなの？」

ワンピースを取り出した母さんが、

「まあ……お母さんたら……」

といったきり、だまりこくっている。

母さんの目がうっすらと赤くなっていることに気づいたカオルは、買《か》い物袋《ものぶくろ》を下げて玄関《げんかん》に走った。

スーパーは駅の近くに二つある。ひとつは昔からある雑貨店《ざっかてん》みたいなスーパーで、もう一つは最近できたばかりの大型スーパーだ。

梅干《うめぼ》しとのりならどこにでもあるだろうが、カオルの足は勝手に大型スーパーに向かっていた。

店の前に人だかりができている。

なんだろうと思って近づくと、小さな垂《た》れ幕《まく》があって「世界の染《そ》め物」とある。今までのカオルなら「関係ないや」と通り過《す》ぎるところだけれど、有松絞《ありまつしぼ》りのことをおばあちゃんから聞いたばかりだ。少しだけ興味《きょうみ》がわいた。

人垣《ひとがき》をぬって前に出てみると、棚《たな》の上に洋服や袋物《ふくろもの》などが乱雑《らんざつ》に置かれている。

「あら、これ、すてき」

「ねえ、どっちの服がわたしに似合《にあ》う？」

「これ、孫に買ってやろうかしら」

おばさんたちの声で騒《さわ》がしいったらない。

色とりどりの鮮《あざ》やかな染め物もあるけれど、一番多いのは藍染《あいぞ》めだった。藍色の地に白い模様《もよう》が浮《う》き上がるタイプのものが、服になったりバッグになったりしている。

カオルは目の前にある藍染めのTシャツを手に取ってみた。

たちまち売り子のお姉さんが、

「きれいでしょ。ちょっと大きいけど、ざっくり着れば大丈夫《だいじょうぶ》よ」

と、カオルの胸《むね》に当ててみる。

「うーん、いい感じ。すごく似合《にあ》っている」

カオルは心の中で（こんなでかいTシャツ、似合うわけないのに）と思いながら、必死で笑顔《えがお》を作った。

「世界の染《そ》め物って書いてあるけど、これはどこの国で作られたの？」

「インド」

「藍染《あいぞ》めって、みんなインドですか？」

お姉さんは横を向いてチッと小さく舌打《したう》ちした。それでも、愛想笑《あいそわら》いは消えない。

「ああ、藍染めに関心があるの？　えらいわねえ。タグに生産国が書いてあるわよ。見てちょうだいね」

最後のせりふを言うときは、もうお姉さんは別の客の顔を見ていた。

カオルは商品のタグを次々に見てまわった。胸がドキドキする。

インド、韓国《かんこく》、中国、タイ、インドネシア。

「えっ、インドネシアにも藍染めがあるの？」

ひとりごとを言ったつもりなのに、声が大きすぎたみたいで、さっきのお姉さんが、こっちを見てにこっと笑った。

「藍染《あいぞ》めは世界中で作られているのよ。大昔からね」

「あ、ありがとうございます」

カオルはそうっと人垣《ひとがき》から離《はな》れた。

ショックだった。庄九郎《しょうくろう》たちがあんなに苦労して成功した藍染めが、日本だけのものではなかったということに、ひどく驚《おどろ》いた。それも、大昔からだという。

興奮気味《こうふんぎみ》のまま店の中へ入ったが、買い物をすませたころには、いつもどおりになっていた。

日本の古い藍染めがワンピースになって海を渡《わた》っていく。もしかしたらインドネシアでも、百年前の藍染めに出会えるかもしれない。そんなに古いものでなくても、同じ藍にはであえるだろう。

「ワンピースは藍の国のパスポートかもね」

ひくくつぶやいて、ひとりでふっと笑った。家に向かうカオルの目に、ワンピースを着た自分の姿《すがた》が見えた。

時のつながり

中川　なをみ

整理整頓《せいりせいとん》が得意というわけではないけれど、割《わり》と潔《いさぎよ》くモノを捨《す》てる方だと自認《じにん》している。そんなわたしが、なぜか布《ぬの》だけは捨てられない。木綿《もめん》、麻《あさ》、絹《きぬ》などの天然繊維《てんねんせんい》には作り手の息づかいが感じられて、よれよれになっても身近においておきたくなる。布に対する執着《しゅうちゃく》は相当根深いようだ。

幼《おさな》い頃《ころ》に着ていた絞《しぼ》りの浴衣《ゆかた》が、あるとき有松《ありまつ》絞りだったのではないかと気付く機会があった。調べていくと、関ヶ原《せきがはら》の戦《いくさ》のあと有松に入植した貧《まず》しい農民たちが、生き残るために必死になって獲得《かくとく》した尊《とうと》い技術《ぎじゅつ》だったことがわかった。華美《かび》な贅沢品《ぜいたくひん》としてではなく、木綿に藍染《あいぞ》めの絞り模様《もよう》を施《ほどこ》した素朴《そぼく》なものとしてはじまった経緯《けいい》に、心が動いた。

江戸《えど》の初期、試行錯誤《しこうさくご》を重ねて開発された有松絞《ありまつしぼ》りは、竹田庄九郎《たけだしょうくろう》というリーダーがいたからこその偉業《いぎょう》だったが、なんと、庄九郎の末裔《まつえい》が存命《ぞんめい》だということもわかった。藍《あい》の絞り染《ぞ》め作家としてご活躍《かつやく》の竹田耕三《こうぞう》氏がその人である。お目にかかるとき、歴史は今に連綿《れんめん》とつながっていることを実感して一際感慨《ひときわかんがい》深《ぶか》かった。

庄九郎についての資料《しりょう》は少なく、直系《ちょっけい》の御子孫《ごしそん》故《ゆえ》に伝わっている数々の事柄《ことがら》をご呈《てい》示《じ》下さり、作品世界が一気にふくらんでいったというありがたい経験《けいけん》をさせていただいた。

わけても、藍染めに疎《うと》かったわたしは、竹田氏の絞り作品を拝見《はいけん》して、あまりの清廉《せいれん》さに大きな衝撃《しょうげき》を受けた。清らかだけれど繊細《せんさい》すぎず、すべてを包《つつ》み込《こ》むような堂々とした息吹《いぶき》に圧倒《あっとう》された。命の源《みなもと》を覗《のぞ》いたような感動があった。庄九郎が有松絞りを完成させていく根底の心情《しんじょう》を垣間《かいま》見た思いがして格別《かくべつ》に嬉《うれ》しかった。

歴史物語は、過去《かこ》の特定の時間を切り取った物語である。この作品に登場する人々もまた有松絞りも、物語が終わった後もまだ営《いとな》みは続く。

有松絞りは江戸後期に最盛期《さいせいき》を迎《むか》え、役者絵や美人画の衣装《いしょう》として数々《かずかず》の浮世絵《うきよえ》に描《えが》かれてもいる。明治から大正にかけては新技法《ぎほう》の開発が数多くなされ、その質量《しつりよう》は世界に類を見ないという。何種類もの技法（模様《もよう》）を組み合わせて複雑《ふくざつ》な美しさが演《えん》出《しゅつ》できるのも、有松絞《ありまつしぼ》りの特徴《とくちよう》といえるだろう。

しかし、多くの伝統《でんとう》産業が問題を抱《かか》えている現在《げんざい》、有松絞りも例外ではない。和服を着る人が少なくなったし後継者《こうけいしゃ》の育成にもかつてのような勢《いきお》いは望めないだろう。

布《ぬの》好きなわたしにとって、有松絞りとの出会いは意味深かった。生きるために編《あ》み出した必死の技《わざ》が、長い年月に淘汰《とうた》されてもまだ輝《かがや》きを失わないほどに美しさは昇華《しようか》されている。「美」は常《つね》に（心身からの）生命の希求《ききゆう》に裏付《うらづ》けされていると感じて、襟《えり》を正す思いに駆《か》られた。

有松絞りの需要《じゆよう》は減《へ》ったものの、今では世界中の絞りアーティストから注目されていて、有名デザイナーのファッションショーに使用されるのも日常的《にちじようてき》になっているそうだ。

竹田《たけだ》氏は取材を快諾《かいだく》して下さったばかりでなく有松の歴史や藍染《あいぞ》めについても種々ご教示《きようじ》下さった。心よりお礼申し上げたい。こしだミカ氏には今回も素晴《すば》らしい絵で作品世界を力強くしていただいた。編集《へんしゅう》の丹治《たんじ》京子《きょうこ》氏には細部にわたってお世話になり、両氏に感謝《かんしゃ》申し上げる。

二〇一二年　秋

中川《なかがわ》なをみ

山梨県生まれ。『水底の棺』（くもん出版）で日本児童文学者協会賞受賞。その他の作品に『天游―蘭学の架け橋となった男』『龍の腹』『砂漠の国からフォフォー』(以上くもん出版)、『アブエラの大きな手』（国土社)、『あ・い・つ』『まあちゃんのコスモス』(以上新日本出版社）他。日本児童文学者協会会員。

こしだミカ

大阪生まれ。絵本に『アリのさんぽ』『みんなおはよう』(以上架空社)、『ほなまた』（農文協)、『いたちのてがみ』『くものもいち』（以上福音館書店)、挿絵の仕事に『天游－蘭学の架け橋となった男』（くもん出版）他。子ども番組「できた できた できた」（NHK Eテレ）にて背景の絵と立体を担当。

有松《ありまつ》の庄九郎《しょうくろう》

2012年11月30日　第1刷
2013年 6 月15日　第3刷
NDC913 174P 20cm

作　者　中川なをみ
画　家　こしだミカ
発行者　田所　稔
発行所　株式会社新日本出版社
〒151-0051 東京都渋谷区千駄ヶ谷4-25-6
営業03(3423)8402
編集03(3423)9323
info@shinnihon-net.co.jp
www.shinnihon-net.co.jp
振替　00130-0-13681
印　刷　光陽メディア　製　本　小高製本

落丁・乱丁がありましたらおとりかえいたします。

ISBN978-4-406-05651-9　C8393　Printed in Japan